신은 유희(게임)에 굶주려 있다.
4
The Ultimate game-battles of a boy and the gods
God's Game

PROFILE

우로보로스

무패를 정말 좋아하는 규격 외의 신.
페이에게 흥미를 가져 인간의 모습으로 게임에 참여했다.

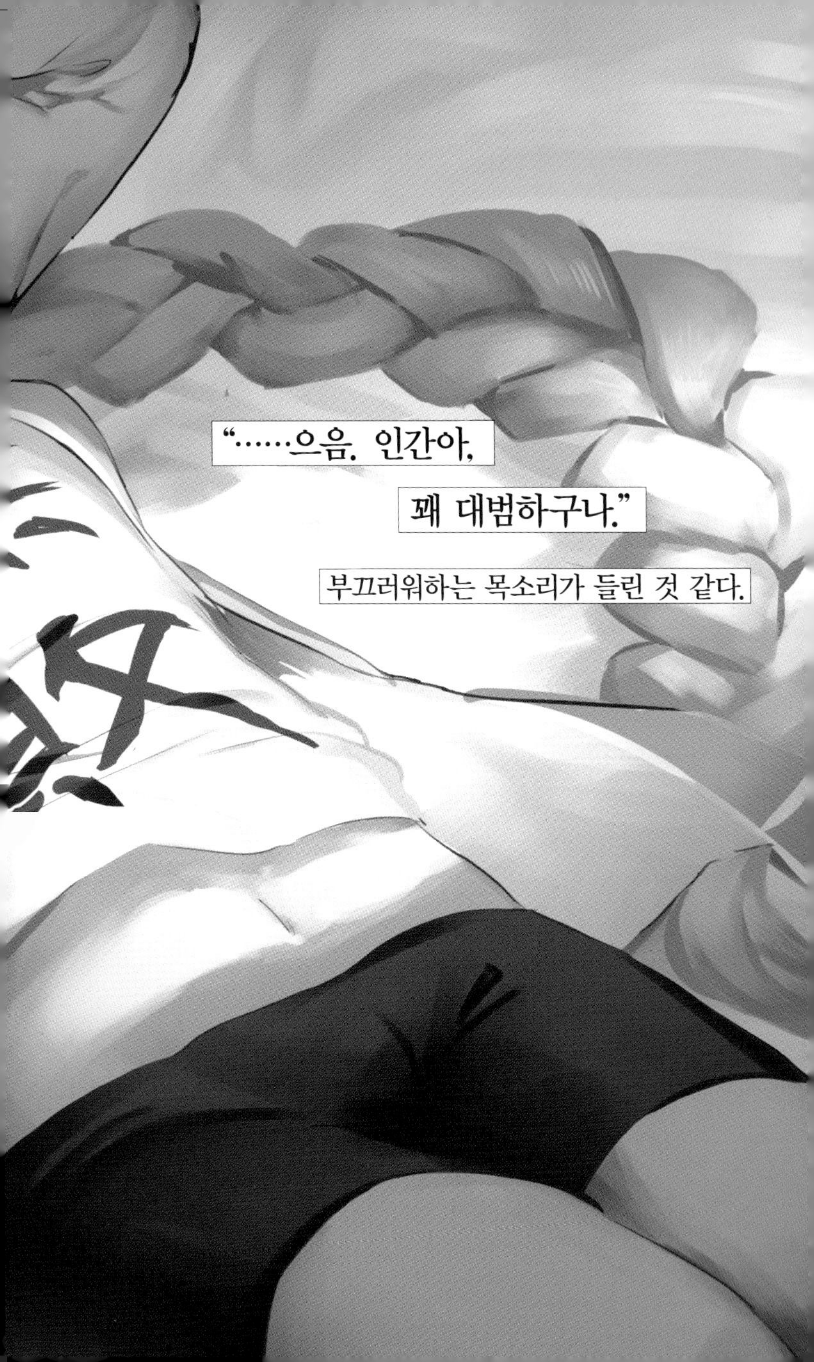
"……으음. 인간아,
꽤 대범하구나."
부끄러워하는 목소리가 들린 것 같다.

레셰 님의 물놀이……?

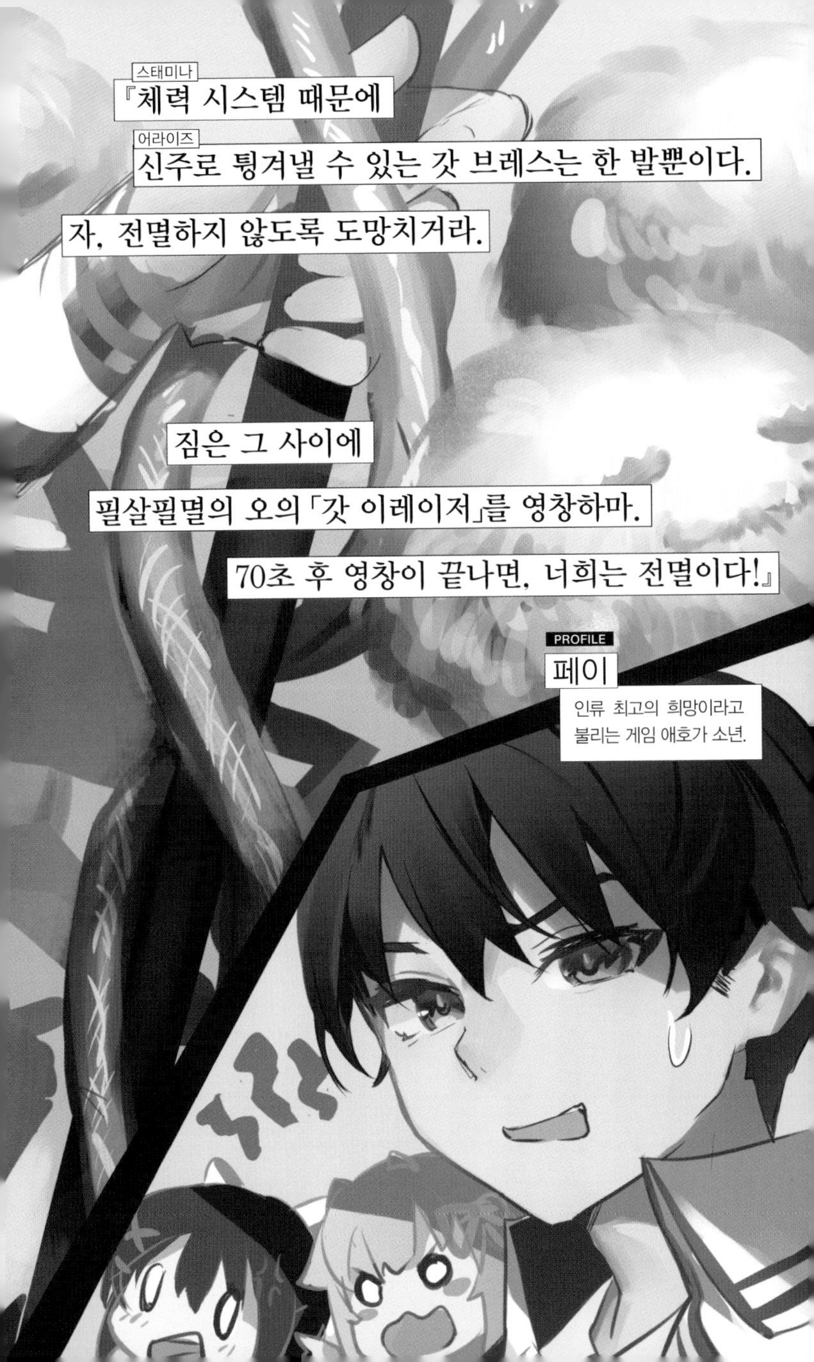
스태미나
『체력 시스템 때문에
어라이즈
신주로 튕겨낼 수 있는 갓 브레스는 한 발뿐이다.
자, 전멸하지 않도록 도망치거라.
짐은 그 사이에
필살필멸의 오의「갓 이레이저」를 영창하마.
70초 후 영창이 끝나면, 너희는 전멸이다!』
PROFILE
페이
인류 최고의 희망이라고
불리는 게임 애호가 소년.

God's Game We Play 4

The Ultimate game-battles of a boy and the gods

Player.7 신수 위그드라실의 숲 p279

Intermission.0 소녀와 소년 p267

Player.6 신의 총애 p249

Intermission 이 대화의 기록은 불허한다 02 p237

Player.5 뱀만이 깨달았다 p219

Player.4 Good Game Well Played p195

Player.3 컴플리트 게임 p151

Player.2 죽음과 재생의 미궁 루세이메어 p067

Intermission 이 대화의 기록은 불허한다 p063

Player.1 재돌입 p017

Prologue 다녀왔어는 갑작스럽게 p011

신은 유희에 굶주려 있다. 4

게임

No Game No Life... (stylized background text: "We Play")

저자

사자네 케이

일러스트

토모세 토이로

옮긴이

김덕진

Character

《 등장인물 》

God's GameWe Play

레셰

본명은 레오레셰.
3000년의 긴 잠에서 깨어난 신이었던 존재로 게임을 좋아하는 소녀.

페이

이 시대 최고의 루키로 기대받는 사도. 레셰 & 펄과 팀을 결성했다.

넬

마르 라의 전 사도. 한 번 은퇴했지만, 북메이커와의 게임에서 승리해 페이의 팀에 가입.

펄

전이 능력을 지닌 사도. 전자동 착각 걸이라고 불릴 정도로 엉뚱함이 있는 성격.

Chapter

Prologue　다녀왔어는 갑작스럽게

God's Game We Play

"이 신의 미궁(던전)은 클리어할 때까지 현실 세계로 평생 돌아갈 수 없습니다."

"참고로 공략한 사람은 지금까지 0명입니다."

만약 이 세계에 그런 게임이 있다면?

참가 희망자가 있을 리 없다.

미궁을 떠돌며 평생 빠져나갈 수 없다. 함정에 빠지거나 몬스터에게 공격받아도 무한히 재시작(리스폰)된다.

사람의 마음을 꺾기 위해서 만들어진 듯한 극악한 게임 디자인이다.

거기에다.

이 미궁 탈출 게임은 세계 규모로 **강제 참가**였다.

"아— 기분 나빠."

신비법원 루인 지부.

그곳 집무실에서, 소파에 앉은 사무장 미란다는 멍하니 천장을 올려다보았다.

가슴이 답답하다.

스트레스 때문에 위산이 과다하게 분비된다. 누워서 쉬려해도 뇌가 각성한 탓에 잠이 조금도 오지 않는다.

"전부 열여덟 도시, 미귀환자가 209명. 구출을 위해 결성한 팀 제1진이 돌입하고 벌써 3일째. 80시간 이상……."

구출 팀은 고르고 고른 최정예들이었다.

구성원 전부 각 도시를 대표하는 에이스 사도로 구성되었다. 그런데도.

"……하아."

그런 구출 팀까지 소식이 끊겼다.

사도는 신안 렌즈라고 불리는 특수한 촬영기기를 장착하고 「신들의 놀이」에 다이브한다. 이것으로 영적 상위 세계(엘리먼츠)의 게임 영상이 전달되는데, 이번에는 게임이 시작되자마자 플레이어 측의 신안 렌즈가 몬스터에게 파괴당했다.

"……게임 영상이 전혀 오지 않아. 지금 어떤 상황인지도 알 수도 없고."

그렇게 80시간.

미란다는 지금도 사도들의 귀환을 기다린다.

"……페이 군. 은근히 진짜로 널 믿고 보낸 건데 말이지."

루인 지부에는 페이가 있다.

신들의 놀이에서 지금껏 무패인, 현 시대 최고의 사도라 칭송받는 루키다.

"네가 있고, 레오레세 님이 있어. 그런데도 공략할 수 없는 게임이 존재한다는 건 믿고 싶지 않아. 그런 게임이 있으면 인류 모두가 이길 수 없잖아?"

구출 팀은 각 도시의 에이스를 모으고 모아서 구성했다.

그런데도 돌아오지 못한 사람을 구출할 수 없다면 신비법원의 신용은 바닥으로 떨어질 것이다.

신들의 놀이는 끝이다.

"앞으로 몇백 시간을 더 기다리면 돼? 몇십 시간이면 좋겠는데……. 몇천 시간은 좀 힘들어. 몇만 시간이라면 아무리 나라도 이 미모를 유지할 수 있을지……."

똑똑.

바로 그때, 복도에서 문을 노크하는 소리가 들렸다.

"뭐야? 업무는 오후 3시까지 부사무장에게 맡기고 난 잠깐 잔다고 했잖아."

"저예요."

익숙한 목소리.

"페이예요. 사무장님이 여기서 잔다고 들어서요."

"아, 뭐야, 페이 군이었어? 미안하지만 난 페이 군 일행이 돌아오기를 기다리다 지쳤거든. 잘 거니까 조금 있다가 다시 와줘."

"아니, 지금 왔는데요."

"나 바쁘고 피곤해. 페이 군 일행이 돌아오지 않는 탓에……

어?! 페이 군?!"

벌떡 일어난다.

연이은 철야로 반쯤 몽롱한 머리를 필사적으로 깨우며 문으로 달려갔다. 문을 열자 정말이지 종잡을 수 없는 검은 머리 소년이 서 있었다.

"오, 안녕하세요. 미란다 사무장님."

"……잠깐만."

눈을 쓱쓱 비빈다.

착각이나 환각이 아니다. 앞에 있는 사람은 분명 페이였다. 미귀환자들을 구출하기 위해 미궁 게임으로 몸을 던진 그가 눈앞에 서있었다.

"……돌아온 거야?"

"네. 아슈란 대장 일행도 같이 돌아왔어요. 다들 지하 1층 다이브 센터에 있으니 우선 사무장님을 불러올까 해서요."

"어! 구출했구나!"

자신도 모르게 고개를 들며 한숨을 내쉰다.

다행이다. 온몸에 긴장이 풀리는 바람에 자칫 주저앉을 뻔했다.

"다행이다. 하고 싶은 말은 많지만, 일단 잘 돌아왔어."

"네. 그럼 저흰 일이 있어서 돌아가 볼게요."

"……일?"

"물론 다이브죠."

페이가 몸을 돌렸다.

"다시 그 미궁으로 갈게요. 한동안 안 올지도 몰라요."

"잠까아아아아아아아안?!"

뒤에서 달려들어 그대로 붙들었다.

"페이 군, 이럴 땐 설명부터 하는 게 우선 아닐까?!"

Chapter

Player.1　재돌입

God's Game We Play

1

무대는 30분 정도 앞으로 거슬러 올라간다.

신비법원 루인 지부 지하 다이브 센터.

그곳에 설치된 네 개의 거신상은 다이브 금지를 의미하는 바리케이드로 막혀있었다.

지금, 전 세계의 거신상은 단 한 가지 게임에 연결되어 있다.

현실 귀환 불가능의 미궁 탈출 게임이다.

"……."

그곳에 있는 건, 몇 명의 사무원과 미귀환자가 된 사도를 기다리는 동료들. 그러나 아무도 입을 열지 않았다.

당연했다. 구출 팀이 다이브한 지도 이미 80시간이 지났다.

귀환을 바라는 동료들도 지칠 대로 지쳤고, 얼굴에는 초조함이 엿보이기 시작했다.

미귀환자는 언제 돌아올 수 있을까. 어떤 이는 벽에 기대고, 어떤 이는 바닥에 앉아 조용히 눈을 감았을 때…….

용의 모습을 한 거신상의 입이 크게 벌어졌다.

"어?!"

"뭐지?! 거신상이……!"

술렁이는 홀.

그곳에 있던 사람들이 일제히 몸을 일으켜 눈 한 번 깜짝하지 않고 거신상을 바라보니…… 거기서 금발 소녀가 뛰어나왔다.

"돌아왔어요오오오오오! ……아얏?!"

높이 뛰어오른 소녀가 착지하자마자 발을 헛디뎌 엉덩방아를 찧었다.

그 옆으로 검은 머리의 소녀가 착지했다.

"펄, 괜찮아?"

"……윽. ……네, 넬 씨. 엉덩이 이외엔 무사해요오……."

두 소녀.

그녀들이 미궁으로 파견된 구출팀이라는 사실을 알아차린 홀에 있던 사도들의 얼굴이 일제히 밝아졌다.

설마.

"좋았어어! 이제야 돌아왔네, 오래 기다렸지?!"

"아슈란 대장?!"

거신상에서 나온 남자를 보고, 대기하던 부하들이 기뻐했다.

팀 「맹화(블레이즈)」의 대장 아슈란이 돌아왔다. 그리고 그 뒤를 이어 총 11명의 부하들이 계속해서 거신상에서 나타났다.

"대장?! 다들……!"

"무사했군요!"

달려오는 팀의 서포트 스태프들. 미귀환자가 된 동료를 줄곧 기다린 그들은 진심으로 기뻐했다.

그리고, 그 뒤에서.

"어머? 무사히 탈출했네."

주홍색 머리의 소녀가 홀에 착지했다.

용신 레오레셰. 신비로운 호박색 눈동자의 미소녀로, 영적 상위 세계에서 내려온 진짜배기 신이었던 존재다.

"페이! 여기야, 여기!"

"……영차. 다들 돌아왔어?"

레셰가 손짓하자 페이도 거신상에서 나타났다. 홀을 둘러보고는 귀환자들의 수를 확인.

"어디, 아슈란 대장의 팀이 12명. 그리고 우리가 레셰하고 넬, 펄까지 네 사람. 모두 열여섯 명이 귀환. ……어라? 한 명 더 있었던 것 같은데."

"나다!"

불쑥.

거신상에서 은발을 나부끼는 소녀가 뛰어나왔다.

보석과 같은 붉은 눈동자를 찬란하게 반짝이며 공중에서 가볍게 한 바퀴. 그리고는 마치 고양이처럼 가볍게 착지했다.

아슈란 대장의 머리 위에.

"으억?!"

"나, 귀환!"

밟혀 쓰러진 아슈란 대장.

그 등 위에서, 은발의 소녀가 자신만만하게 가슴을 폈다.

범상치 않을 정도로 사랑스러운 외모지만, 그 복장은 독특하다. 두드러지는 초커와 귀걸이에, 몸집에 비해 헐렁헐렁한 파카.

나아가 정말 화려한 글씨체로 「무패」라 적힌 티셔츠를 입고 있었다.

"무패인 나를 잊으면 곤란하지, 인간아!"

"……알겠는데, 네가 아슈란 대장을 밟고 있는 것도 잊지 말아줘."

"응? 오오?! 뭔가 밟히는구나!"

소녀가 아슈란 대장의 등에서 내려왔다.

그 순간, 다이브 센터의 사람들이 일제히 술렁였다. 그들은 80시간 전에 목격했기 때문이다.

이 소녀가 거신상의 문을 억지로 비집고 연 순간을.

"나, 무패인데, 왜?"

신만이 가능한 일이다.

그도 그럴 터. 이 소녀의 정체는 인간이 아니라 세계 3대 불가능으로 칭송받은 무한신 우로보로스이다.

"어디, 미란다 사무장님은…… 어? 없네? 아, 집무실에 계신가."

페이는 사무장이 홀에 보이지 않자 이곳에 있는 레셰와 넬과 펄, 그리고 우로보로스를 바라보았다.

"보고하러 갈까. 우리가 **잠시** 귀환했다는 걸."

2

그리고, 다시 집무실.

"그렇게 됐으니 우리는 다시 다이브할게!"

"그렇게 된 게 뭔지 설명하지 않으셨잖아요, 레오레셰님! ……정말이지."

미란다 사무장이 의자에 앉아 안경을 벗고 다크서클이 진하게 생긴 눈매를 몇 번이고 비비며 한숨을 쉬었다.

"이야기는 잘 들었어요……. 미궁에서 레이드 보스를 쓰러뜨렸더니 세이브 아이템이 나왔다고요. 지금까지의 공략을 세이브하고 돌아온 거네요."

"레이드 보스는 『잠자는 사자』였어."

"아, 그랬죠. ……하지만 **해결되지 않은 문제가 두 가지**

있다는 거죠?"

미란다 사무장이 다시 안경을 장착.

정면 소파에 앉은 페이에게 시선을 옮겼다.

"페이 군에게도 물어보겠는데, 너희가 구출한 건 아슈란 대장 일행인 「블레이즈」 열두 명. 남은 197명은 아직 미궁에 남아있지?"

"네. 그게 첫 번째 문제예요."

페이 일행이 탐색한 구역은 미궁의 극히 일부.

그 광대한 미궁 곳곳에 미귀환자가 흩어져 있을 것이다.

"우리 이외의 구출 팀은요?"

"아직이야. 다른 구출 팀은 아직 미궁에 있고, 구출팀이 미귀환자가 됐을 가능성도 있어. 다만 이렇게 페이 군 일행이 귀환한 건 큰 전진이네."

적어도 현실 세계로 귀환이 불가능하지 않다는 것이 증명되었다.

시간만 들이면 다른 구출 팀도 귀환할 가능성이 크다.

다만.

"세이브 **해버린 게** 좋지 않다는 거지?"

"네. **이 미궁은 항복을 허락하지 않아요.**"

페이 일행은 이렇게 현실 세계로 귀환했다.

다만 세이브 아이템을 사용한 일시적인 탈출일 뿐, 이 미궁을 완벽 공략하지 않는 한 다른 게임에 도전할 수 없다.

"우리가 다음에 거신상으로 다이브한 순간부터 미궁 게임이 계속 이어져요. 다른 게임을 고를 수 없어요."

"……세이브라는 건 구제책이 아니라 임시방편에 불과하다는 거네."

미란다 사무장이 한숨을 쉬며 팔짱을 꼈다.

"페이 군, 지금『신들의 놀이』에서 몇 승이었지?"

"**공식은 6승.** 실제로는 3승이요."

"맞아. 공식 숫자도 깜빡하지 않도록 주의해줘."

고개를 끄덕이는 사무장.

물론 이렇게 확인한 것에는 이유가 있다. 페이의 전적은 직전까지 6승 0패. 그러나 넬의 복귀를 위해 자신의 3승을 희생해 3승 0패로 떨어졌다.

하지만.

이 시대 최고의 루키라는 별명으로 유명한 사람이 **3승**이라는 너무나도 소중한 승리 수를 잃었다는 사실을 세상에 공표하면 그 충격은 너무나도 클 것이다.

끝까지 숨겨라.

그것이 미란다 사무장의 극비 명령이었다.

3승을 잃은 사실을 숨긴 채 연승해서 다시 6승 0패가 되면 된다. 물론 그게 엄청나게 어렵다는 것은 알고 있으면서도.

"누구도 도달하지 못한 10승까지 앞으로 7승. 아직 까마

득하지만.”

미란다 사무장이 천장을 올려다보았다.

“페이 군이 계속 이겨주지 않으며 곤란해. ……그런데 앞으로 7승을 하려 해도 미궁 게임을 중간 세이브한 바람에 미궁을 공략할 때까지 다른 게임에 참가할 수 없다는 거지?”

“네. 그러니까 다시 돌입해야 해요.”

페이가 소파에 앉은 채 끄덕였다.

그 시선 끝에는 미귀환자의 이름이 적힌 리스트가 있었다.

“아직 돌아오지 못한 사도들도 남아있어서 어쨌든 다시 돌입할 필요가 있어요. 다만 해결해야 할 두 번째 문제가 있죠.”

공략 불가능.

그 미궁에는 스토리가 진행되지 않는 버그가 있다.

옛날 옛적 어떤 곳에 미궁 제작에 애쓰는 신이 있었습니다.

신은 미로의 제일 깊은 곳에서 인간이 오기를 두근거리는 마음으로 기다렸습니다.

……그러나 아무도 미로를 공략해주지 않았고 신은 너무나도 지루한 나머지 죽고 말았습니다.

게임 속 미궁 신화다.

미이프는 이렇게 말했다. 이 게임의 목적은 『미궁의 가장 깊은 곳에 있는 라스트 보스를 격파하는 것』이라고.

"느긋한 펄 군."

"앗?! 네엣?!"

여유롭게 멜론 소다를 마시던 금발의 소녀가 다급히 자세를 바르게 했다.

"페이 군은 이렇게 말하는데, 그 치명적인 버그는 팀 전원이 확인한 거니?"

"……확인은 못 했는데 페이 씨와 미이프의 말을 정리하면 그래요. 『신은 미궁의 제일 깊은 곳에서』 기다리는데, 라스트 보스도 미궁의 가장 깊은 곳에 있어요. 다시 말해 신이 라스트 보스라고 추측돼요."

미궁의 가장 안쪽에 있는 라스트 보스, 신.

플레이어가 라스트 보스를 격파하면 깔끔히 미궁에서 탈출할 수 있다.

그러나.

"단자정령(미이프)의 설명에 의하면 그 신이 이미 오래전에 죽었다는 거지?"

"그래서 위험한 거예요!"

펄이 폭발하듯 소리쳤다.

"클리어 조건이 『라스트 보스를 쓰러뜨리는 것』인데, 정작 중요한 신이 멋대로 소멸한 탓에 클리어 조건을 달성할 수 없게 됐거든요. 미궁 탈출의 문이 영원히 열리지 않게 됐어요!"

"……흐음."

사무장이 입을 다물었다.

라스트 보스의 부재라는 최악의 버그 탓에 해당 게임은 클리어 불가능.

"펄 군. 한 번 더 묻겠는데, 그게 정말이니?"

"……그, 그게에……."

"아직 추측이야."

펄 대신 대답한 사람은 레셰였다.

이쪽은 분위기와는 다른 태연한 말투였다.

"미궁의 가장 깊은 곳에 가지 않으면 알 수 없어. 뭐, 라스트 보스가 소멸해 죽었다는 게 플레이어 측의 승리로 인정되어 처음부터 탈출용 문이 열려있을 가능성도 있어."

"……그 가능성에 걸고 싶네요."

"뭐, 현실적으로 그쪽은 무리겠지. 기대해봤자 소용없어."

"역시 불가능한 거잖아요!"

하아아…….

입에서 영혼이 빠져나오는 듯한 한숨을 쉰 미란다 사무장이 의자 깊숙이 몸을 파묻었다.

레셰의 말이 그만큼 중요했다.

신의 소멸이 곧 플레이어의 승리였다면 던전에 돌입한 시점에서 미이프가 플레이어의 승리라고 선언했을 것이다.

그러나, 그러지 않았다.

다시 말해 신의 소멸이라는 예상 밖의 버그가 일어난 채 미궁 게임이 이어지고 있다.

“……어쩔 거야? 페이 군. 쓰러뜨려야 하는 신이 미궁에 없다니. 신이 없으면 승리 조건을 달성할 수 없잖아?”

“그거 말인데요…….”

그렇게 말한 순간.

집무실 문이 쩌적 갈라지며 강렬한 소리를 냈다.

“나다!”

잠금장치가 망가지며 문이 강제로 옆으로 밀리더니, 그 뒤로 무패의 티셔츠를 입은 은발 소녀가 나타났다.

“인간아, 무패인 내가 놀러 왔다!”

“아, 마침 좋을 때 왔어, 우로보로스. 네 의견도 듣고 싶은데.”

미궁의 버그를 깨달은 건 페이만이 아니다.

“이 게임은 스토리가 진행되지 않는 버그가 있으니까.”

……나만이 아니야.

……우로보로스도 같은 결론에 도달했어. 결론 자체는

전혀 기쁘지 않지만.

"우로보로스, 저기 말이지."

"기다려라, 인간아. 끝까지 말하지 않아도 난 이미 알고 있다."

신이 자신만만하게 고개를 끄덕였다.

그러더니 어째서인지 뺨을 붉히고는.

"나와 놀고 싶은 거지? 정말 곤란하구나. 난 왜 이리도 인기가 많은지."

"어? 아니, 미안하지만 너와 놀 시간은 없어."

"뭐, 나는 무패니까. 인간이가 내게 도전하고 싶은 심정도 이해한다. 내 게임은 언제든 인기가 많아서 인간 기준으로 78년의 순서를 기다려야 하지만, 우리 인간이라면 특별히 바로 놀아줄 수도 있지."

"아니, 솔직히 네 게임은 인기가 없……."

"인간아!"

말을 끝까지 듣지도 않고 페이의 손을 잡은 우로보로스.

그것을 인지했을 땐 이미 페이의 몸이 집무실에서 복도로 내동댕이쳐진 후였다.

"나와 둘이서만 다이브 센터로 직행!"

"그러니까 이야기 좀 들어어어어!"

바닥을 질질 끌려가는 페이의 필사적인 목소리가 복도에 메아리쳤다.

끌려가는 페이를 보며.

"**또.**"

"**또**네요."

"**또** 성가신 인물이 나타났네……."

소파에 앉은 세 소녀의 눈이 번쩍이던 것을 본 사람은 아무도 없었다.

3

신비법원 빌딩, 17층.

이 층의 특별고문실이 레셰의 방이다.

그곳에서, 신(우로보로스)의 외침이 메아리쳤다.

"어째서어어어어?!"

미사일이 떨어진 것 같은 충격.

우로보로스가 방의 창문이 갈라질 정도의 음량으로 소리치자, 그 손에 들려 있던 트럼프 카드가 떨어졌다.

"인간아?! 내가 직접 나서서 인간이를 부르러 온 거잖아! 내 엘리먼츠에 최신 게임을 준비하고 기다리고 있는데?!"

"아까 설명했잖아."

옆에 앉은 레셰에게서 카드를 한 장 뽑으며.

페이는 자신이 뽑은 조커를 태연하게 카드 속에 섞었다.

"인간 측도 큰일이야. 그 미궁에 갇힌 사람이 197명, 계속 그대로 놔둘 수도 없잖아?"

"으……."

책상다리로 앉는 우로보로스.

무패라 적힌 티셔츠 위로 떨어진 트럼프를 줍고서는.

"내 게임이니 분명 재밌을 텐데?"

"유혹해도 소용없다니까. 그리고 네 게임을 하려면 거신상에 다이브해야 하잖아."

"물론 내 엘리먼츠에서 하지!"

은발의 소녀가 보란 듯이 가슴을 폈다.

이렇게 몸집이 작고 사랑스러운 모습을 하고 있지만, 무한신 우로보로스의 정체는 길이가 10킬로미터나 되는 어마어마하게 거대한 용이다. 또한 페이 일행에게 패배한 후 분한 나머지 길이가 100킬로미터로 거대해졌다는 보고도 있다.

그런 신이 다음에 어떤 게임을 준비했는지 궁금하기도 하지만…….

"우리는 미궁 게임을 중간 세이브했어. 네 게임에 참가하고 싶어도, 거신상에서 이어진 곳은 미궁일 거야."

"몰라! 뭘 모르는구나, 인간아!"

이때를 기다렸다.

그렇게 말하는 듯이 우로보로스가 자신의 오른쪽 눈을 가리켰다.

"무엇을 위해 내 눈을 건네줬다고 생각하는 거냐?"

"아, 맞다. 이거 줄게. 내 눈의 파편."

"내 눈의 파편을 지니고 있으면 반드시 나를「선택」할 수 있어."

그 말을 듣고서.

페이는 말없이 가슴쪽 주머니에 손을 가져갔다.

딱딱한 질감.

페이가 주머니에서 꺼낸 것은 부서진 루비처럼 보이는 아름다운 파편이었다.

신의 보관『우로보로스의 눈』.

엘리먼츠로 다이브할 때 이걸 지니고 있으면 확실하게 우로보로스를「선택」할 수 있다. 다른 신과 연결되지 않는다.

"아, 그렇구나. 이걸 들고 다이브하면 중간 세이브한 미궁 게임이 아니라 네 쪽으로 끌려간다는 거지? 이쪽의 영향력이 위라는 거야?"

"후후, 그렇다!"

만족스러운 듯이 끄덕이는 우로보로스.

"정확히 말하자면 영향력은 동일하다. 신과 신에게 상성은 있지만, 서열은 없으니까. 인간이가 내 눈을 갖고 있다 해도 거신상에 다이브하면 도달하는 건 아마 미궁 게임일 거다. 『게임 도중』이니까 말이야.”

“어? 그럼 역시 안되는 거야?”

“하지만…….”

“**늦게 내는 가위바위보 법칙.** 맞지?”

우로보로스가 말하기도 전에.

지금까지 도둑잡기에 집중하던 레셰가 퍼뜩 고개를 들었다.

“신들의 힘은 상하 관계가 없는 『가위바위보』. 따라서 뒤에 내는 사람이 이겨. 그걸 응용해서 미궁에 들어간 뒤 그 눈을 쓰면 되는 거 아니야?”

“아앗~?! 용아! 그건 내가 말하려고 했는데!”

“손이 멈췄잖아.”

“……음?”

레셰의 지적에 우로보로스가 자신의 카드를 내려다보았다.

지금은 도둑잡기 중.

설명에 열중하느라 자신의 차례가 온 사실을 깨닫지 못했을 것이다.

……그보다, 용이라.

……레셰를 그렇게 부르는 녀석은 처음이네.

우로보로스는 첫눈에 알아보았다.

이 주홍색 머리의 소녀가 원래는 신이라는 사실을. 그리고 불꽃을 다스리는 용신이라는 사실을.

“지금 레셰가 한 설명이 맞아?”

"……내가 말하려고 했는데……."

토라진 듯 뺨을 부풀린 우로보로스.

이 반응을 보면 정답일 것이다.

"……맞아. **신의 힘은 차례가 뒤일수록 우선권이 있어.** 그러니 거신상에 다이브해 일부러 미궁 게임에 들어간 뒤, 미궁 안에서 내 눈을 부수면 돼. 그러면 내 힘의 순서가 뒤이니 인간이가 내 엘리멘츠로 오게 될 거야."

"그렇군. 제대로 된 법칙이랄까, 원리가 있구나."

다시 말해 양자택일이다.

페이 일행에게는 두 가지 게임의 선택권이 있다.

"레셰는 어느 쪽이든 좋을 거고, 펄과 넬은 어느 쪽이 좋아?"

"앗, 네?!"

"뭐가 말이지? 페이 공."

"우리를 기다리는 두 가지 게임이 있어. 우선 현재 진행 중인 미궁 게임을 해야 해. 이건 구조팀으로서의 의무. 하지만 세이브까지 진행했으니 기분 전환으로 우로보로스와 놀아주는 것도 괜찮겠다 싶어서."

엄지를 탁 튕긴다.

그 힘으로 공중으로 날아오른 우로보로스의 눈이 반짝반짝 붉은 호를 그리며 펄의 손안에 들어갔다.

"그, 글쎄요…… 저도 미궁 게임 이외의 기분 전환이나 휴식이 있었으면 해요. 며칠 동안 그 미궁을 헤매느라 지쳤으니까요."

"나도 동감이다."

넬도 조심스럽게 수긍.

"다만 궁금한 게 무패 공의 새로운 게임이라는 것. 아무것도 잃을 것 없는 게임이라면 기쁘게 함께하겠지만 중요한 1승과 1패를 건 『신들의 놀이』라면……."

"어? 무서운 거야?"

넬의 속삭임에.

우로보로스가 귀여운 눈꼬리를 올리며 미소 지었다.

"엉덩아!"

"지금 날 엉덩이라고 부른 거야?!"

"도박신 그리모어의 힘으로 부활한 지금, 무엇이 무섭지? 마음껏 놀면 되는 것 아니야?"

"……!"

"게임을 하기 전부터 패배를 생각하면 재미없지."

"그, 그건 확실히……."

압도된 듯 고개를 끄덕인 넬.

그 모습에 우로보로스가 생긋 미소 지었다.

"모처럼 내가 최고의 게임(유희)를 생각해줬잖아. 정말 즐거울 거라고."

"……무패 씨."

그런 신을 가만히 바라보는 펄.

“확실한 거죠? 정말 즐겁다는 게.”

“물론이지!”

“참고로, 즐거운 건 **어느 쪽**인가요?”

“나야!”

“우리는요?”

“…….”

“어째서 침묵하는 건가요?! 그게 제일 중요한 거라고요!”

“아, 아니! 즐거울 거야! 누가 뭐래도 내가 만든 게임이니까!”

고개를 빠르게 끄덕이는 우로보로스.

“나를 믿어, 가슴아!”

“나는 가슴?!”

“내 게임은 재밌어. 인기가 엄청 많은 콘텐츠니까!”

“……수상한데요. 그럼 마지막으로 하나만 더.”

천천히 얼굴을 들이미는 펄.

“솔직히 말해서 그 미궁 게임과 당신의 새로운 게임, 어느 쪽이 어렵나요?”

“당연히 나!”

우로보로스의 눈이 반짝였다.

힘차게 소파 위로 뛰어올라 두 팔을 벌리고는.

“이번에 준비한 게임은 지난번의 백 배는 어렵다. 아무리 빨리 공략하려 해도 최소 1만 시간은 걸릴 테니까!"

"……호오."

"……헤에."

"……흐음."

"……하아."

"무한히 떨어지는 하늘을 무대로 가차없이 사람의 마음을 꺾는 사상 최악의 잔인한 몬스터와 함정들! 수천, 수만의 시체를 넘어선 끝에는 물론 나와의 정상결전! 참고로 내 공격은 필드 전체 범위의 필중 즉사 판정이지. 첫 번째엔 절대로 공략할 수 없는 사양이니 두 번째도 잔뜩 즐길 수 있을 거야."

"그렇군요, 잘 알겠어요."

펄이 환한 미소를 지으며 고개를 끄덕였다.

오른손에 들고 있던 우로보로스의 눈을 한번 내려다보고는.

"에잇."

신의 보물을 쓰레기통에 던졌다.

"태워버릴게요. 이 저주 아이템."

"아아아앗?! 내 눈을 버리면 안 돼! 신의 보물이란 말이야!"

"쓰레기예요, 쓰레기."

"내 눈을 쓰레기라고 하지 마아아아아아!"

쓰레기통에 얼굴을 들이미는 우로보로스.

"……하아. 마음은 잘 알겠어."

크게 한숨을 내쉬고는.

“역시 중간 세이브한 미궁이 신경 쓰이는 거구나. 그쪽을 정리하고 말끔히 마음을 비운 뒤에 마음껏 즐기고 싶다는 거겠지. 아무래도 내 게임은 대인기 콘텐츠니까 말이야.”

“아니요, 전혀요.”

“그럴 리가…….”

우로보로스가 다시 소파 위에 책상다리로 앉았다.

“어쩔 수 없군. 다른 신의 게임에 끼어드는 건 좋아하지 않지만, 나도 도와주지. 빨리 미궁을 끝내자.”

“네?! 무패 씨가 도와주실 건가요?!”

펄의 목소리가 밝아졌다.

그 뒤에서 페이도 레셰와 넬과 얼굴을 마주 보았다.

예상하지 못했던 것은 물론, 기대하지도 않았다.

레셰를 제외하면, 『신들의 놀이』에서 신이 인간 측에 붙었다는 이야기는 들어본 적이 없다.

……우로보로스의 존재는 치트나 마찬가지야.

……이야기가 너무 유리하게 흘러가게 돼서 오히려 천벌(페널티)을 받지 않을까 무서운데.

너무나도 전대미문이다.

이것이 『신들의 놀이』의 규칙이 허용하는지는 페이조차 확신할 수 없었다.

“정말 괜찮은 거야? 그런 말도 안 되는 게 허용된다는 건 들어본 적 없는데…….”

“다만!”

우로보로스가 검지를 척 세웠다.

“한 번뿐이야!”

“……아니, 그러니까 그 한 번뿐이라도 정말로 괜찮은 거냐고.”

“몰라.”

“야?!”

“내 게임에서 놀게 하려면 어쩔 수 없으니까. 어이쿠, 하지만 인간아, 착각하면 안 돼.”

우로보로스가 당당하게 미소를 지었다.

책상다리로 앉은 채 팔짱을 끼고서 자신만만하게 가슴을 폈다.

“나는 그리 쉽게 친해지지 않거든. 인간이는 게임의 대전 상대니까. 애초에 나는 라스트 보스를 쓰러뜨린 후의 숨겨진 던전 안의 숨겨진 보스를 쓰러뜨린 후에 특수 조건을 달성하면 나오는 아이템 정도의 엄청나게 레어한 신이니까.”

“……자기 입으로 레어한 신이라니.”

“나를 동료로 삼고 싶다면 『신들의 놀이』에서 5,000연승 정도는 해야겠지.”

“그럼 됐어.”

"흐에?!"

페이의 무뚝뚝한 대답에 어째서인지 우로보로스 쪽이 깜짝하고 어깨를 떨었다.

"자, 잠깐만, 인간아. 나를 동료로 삼고 싶지 않은 거야?"

"5,000연승이라니까……."

"그, 그럼 500연승이면 돼! 자, 나를 동료로 삼으면 분명 좋은 일이 있을 텐데? 난 무패니까!"

"음, 아직 비현실적인데……."

"그럼 50연승! 아니, 40연승은 어때?! 응? 어때?!"

얼굴을 새빨갛게 물들인 우로보로스가 소맷자락을 붙들고 늘어졌다.

"미란다 사무장님, 혹시 이 녀석도 내가 돌보라고 하려나……?"

페이의 입에서 한숨이 새어 나왔다.

4

시간은 밤.

비적도시 루인의 아득한 지평선 너머로 해가 저물고.

모두가 조용히 잠든 심야이지만 신비법원 빌딩 9층, 다시 말해 집무실은 지금도 밝았다.

"하암…… 정말이지, 이제야 자나 했는데!"

모니터를 잡아먹을 듯이 응시하는 미란다.
심야 세 시. 혹은 새벽 세 시.
지금 미란다는 얇은 잠옷에 가운을 걸쳤을 뿐인 선정적인 모습이었다. 바로 얼마 전까지 침대에서 자고 있었지만, 어떤 정보가 들어와 깨어났다.

구조팀, 귀환 1「비적도시 루인」(어제 4시 19분)
구조팀, 귀환 2「해양도시 피셔 라」(어제 23시 8분)
구조팀, 귀환 3「동아도시 포르 아」(금일 2시 1분)
구조팀, 귀환 4「신화도시 헤케트 셰에라자드」(금일 2시 1분)
※귀환 3과 4는 미궁 안에서 합류해 귀환.

구조팀 셋이 새로이 귀환했다.
각각 열몇 명의 미귀환자를 데리고서.
"제법이잖아, 구조팀. 과연 전 세계에서 선택된 엘리트 플레이어들이야. 그래주지 않으면 곤란하지만."
눈을 비비며 모니터를 응시.
비디오 회의의 지정 룸.
거기에 해양도시 피셔 라, 동아도시 포르 아 등이 추가되었다. 전부 신비법원의 지부가 있는 도시명이다.
『이것 참 죄송하네요. 공략에 꽤나 시간이 걸렸어요.』
먼저 화면에 나온 것은 어른스러운 금발 청년이었다.

『해양도시 피셔 라의 대표인 에즈레이즈, 귀환했습니다. 이것 참 들었던 것보다 더 어려웠어요. 특히 마지막 레이드 보스「춤추는 마리오네트 장군」이 난적이라 열두 번 이상은 전멸했지만 간신히 공략했네요. 맞다, 미귀환자 열일곱 명도 구출에 성공했습니다.』

온화한 미소로 거기까지 보고하고는.

금발 청년이 모니터 너머에서 이쪽을 바라보았다.

『루인 지부는 대단하네요. 미란다 사무장님, 듣자니 페이는 저보다 먼저 귀환했다면서요?』

“응? 아니, 그렇지 않아.”

페이의 귀환은 22시간 전.

반면 이 청년, 에즈레이즈는 3시간 전.

19시간 차이는 일반적인 게임이라면 큰 차이겠지만, 이 전대미문의 미궁이 상대라면 미미한 차이다.

“귀환 축하해. 역시 대단하네, 두 번째(더 세컨드) 신입.”

『응? 아, 그리운 이야기를. 작년 말이죠?』

에즈레이즈가 쓴웃음을 떠올렸다.

『기구한 우연이네요. 이 미궁, 처음에 탈출한 게 페이이고 제가 두 번째라니. 그렇군요. 이런 사태가 아니었다면 누가 먼저일지 경쟁할 걸 그랬네.』

신비법원 본부에서 주어지는 올해의 루키 훈장.

작년의 수석이 페이, 그리고 차석으로 선택된 것이 에즈레이즈였다. 지금까지 미궁에서 페이, 에즈레이즈 순서로 탈출한 것은 그만큼 두 사람이 뛰어난 루키라는 증거일 것이다.

“고마워, 네 덕분에 미귀환자를 구할 수 있었어.”

『천만에요. 그런데 페이는요?』

에즈레이즈가 화면을 둘러보았다.

이곳에는 미란다뿐이다. 페이와 동료는 어디에도 없었다.

“시차야. 이쪽 루인은 지금 새벽 2시인데다 페이 군 일행도 잔뜩 지쳤으니까 우선 휴식이 필요하다고 판단했어.”

사실은—.

페이가 지쳤던 것은 귀환한 후 곧바로 우로보로스까지 돌봐준 탓이기도 하지만, 그 정보는 아직 외부에는 비밀이다. 아무래도 우로보로스는 원래 신이었던 레셰 이상으로 무슨 짓을 저지를지 알 수 없다. 기분을 상하게 하면 인류 멸망의 위기와 직결된다.

……신은 참 솔직하네.

……페이 군은「인간아」라고 부르지만, 다른 사람은 그냥 통틀어「인간」대우야.

무한신 우로보로스는.

유일하게 자신에게 승리한 페이만이 특별한 대상이었다. 그 이외의 인간이 함부로 다가가면 그것만으로 신의 분노를 살 가능성이 있다.

“본론으로 돌아갈까. 이번 보고는 꽤 유용해. 에즈레이즈 군, 네가 쓰러뜨린 레이드 보스는 마리오네트 장군이라고 했지?”

『페이의 레이드 보스는 뭐였나요?』

“응. 페이 군은 「잠자는 사자」였어.”

미궁 루셰이메어는 너무나도 넓다.

페이도 그렇지만, 지금 귀환에 성공한 자들은 각자 제일 가까운 곳에 있는 레이드 보스를 쓰러뜨린 것에 불과하다.

“그쪽은 어때?”

『동아도시 포르 아 대표인 나유타예요. 우선 무사히 돌아와서 안심했어요.』

탁한 붉은 머리의 여성이 짧게 인사했다.

기모노라 불리는 이국적으로 개량한 의례복을 입은 그녀가 한숨을 내쉬는 모습은 미란다가 보기에도 무척이나 진한 초조함이 담겨 있었다.

『이쪽은 방금 막 돌아와서…… 솔직히 샤워부터 하고 싶지만.』

나유타가 쓴웃음을 떠올렸다.

『짧게 보고할게요. 저희가 쓰러뜨린 레이드 보스는…… 아, 이름이 뭐였지? 정말 말장난 같은 이름과 생김새였는데, 엄청나게 강했어요.』

『「세계에서 제일 잘 튕기는 고무공」이다.』

칙…….

모니터에 새로운 인물이 나타났다.

짧게 자른 갈색 머리카락에 날카로운 눈빛이 특징인 남자였다.

『괴상한 이름과 외견이지만 인간의 눈으로는 포착할 수 없는 속도로 튕기며 공격하는 데다가 닿으면 즉사하는 난적이었지……. 볼의 반사각도를 완벽히 파악할 때까지 40번 정도 전멸했다.』

금색 자수로 장식된 의례복.

그것은 신비법원이라면 누구나 아는 신비법원 본부 소속의 증표이다.

『본부 구조팀, 키르히엣지다. 도중에 나유타 팀과 합류해 합동으로 공략했지만, 우리도 지금 막 귀환한 참이라 상황을 파악하지 못하고 있지.』

『안타깝게도 우리 구출팀이 구조한 건 전체의 4분의 1 이하라고 해.』

한숨 섞인 말투로 말한 사람은 금발 청년 에즈레이즈였다.

『세이브에 기대 돌아오긴 했지만, 우리 귀여운 후배들이 아직 미궁에 갇혀있어. 벌써 재돌입할 필요가 있다는 의견이 나오고 있지.』

『마침 그 이야기가 하고 싶었다.』

본부의 키르히엣지가 고개를 크게 끄덕였다.

『나도 체감했지만 **그 미궁은 너무 넓어.** 지금과 같은 속도라면 현재의 구조팀으로 남은 미귀환자 190명을 전부 찾아내기란 불가능하겠지. 그러니 방침을 바꿨으면 한다. 우리가 노리는 건 완전 공략이다.』

『…….』

키르히엣지의 말을 들은 에즈레이즈, 나유타 두 사람의 눈이 휘둥그레졌다.

……역시.

……그것밖에 없겠지.

두 도시를 대표하는 사도의 표정을 살피자면 그런 심정일 것이다.

『게임의 목표는 미궁의 마지막에 있는 보스 격파였지? 나도 그 말에 동감이야.』

에즈레이즈가 거창하게 어깨를 으쓱였다.

『그러니까 이런 말이잖아? 구석구석에 있는 미귀환자를 찾는 것보다 최종 보스를 격파해서 게임을 끝내는 편이 빠르다고.』

『그래. 신에게서 승리하면 게임 참가자 전원이 한꺼번에 현실로 귀환할 수 있을 거다.』

묵직하게.

키르히엣지가 화면 너머에서 두꺼운 종이 다발을 꺼냈다.

『본부에서 데이터를 수집 중이다. 미궁의 지도를 작성해서 몬스터 출현지와 함정의 위치, 레이드 보스의 정보를 종합하고 싶군.』

『아, 그렇구나!』

나유타가 손뼉을 쳤다.

『우리가 미궁에 들어가 몬스터와 레이드 보스의 정보를 최대한 모으고 세이브 포인트를 써서 현실로 돌아온 뒤, 그걸 본부에 전달해달라는 거지?』

『그래. 이 미궁을 망라한 가이드북을 만든다.』

미로의 최단 경로, 레이드 보스 공략법, 강력한 레어 아이템 크래프트.

그것을 전 세계의 신비법원이 공유하는 것으로, 이 미궁은「시간이 들지만 확실하게 클리어할 수 있는 게임」이 될 것이다.

이론적으로는 말이다.

"……흐음."

그럼 어떻게 말을 꺼낸다.

이곳에서 유일하게 입을 다물고 있는 미란다는 가슴속에서 되뇌었다.

……무리도 아니지.

……세이브 아이템으로 귀환할 수 있어. 우선은 그것만으로도 벅찼을 테니까.

그들도 늦든 빠르든 깨달을 것이다.

이 미궁에 존재하는 치명적인 버그를.

『응? 루인 지부의 미란다 사무장, 왜 그러지?』

“아, 미안, 키르히엣지 군. 생각하다 보니 미간에 주름이 생겼는지도 모르겠네.”

안경을 추슬러 올린다.

신의 미궁에서 일시적으로 귀환한 사람들을 둘러보고는.

“너희는 나보다 훨씬 머리가 좋아. 어차피 금방 알아차릴 테니까 말해둘게. 이건 루인 지부의 의견인데, 그 가이드북은 완성될 수 없어.”

『그 이유는?』

“라스트 보스 때문에.”

심호흡을 한 번.

되물어보는 본부의 키르히엣지를 바라보며.

“이 미궁의 라스트 보스는 신이야. 그리고 **그 신은 이미 죽었대.**”

『뭐?!』

『어?!』

『……그런 거였군.』

다양한 반응.

눈이 커진 키르히엣지, 깜짝 놀라 소리친 나유타, 그리고 쓴웃음을 짓는 에즈레이즈.

세 사람은 곧바로 이해했다.

이 게임의 승리 조건은 라스트 보스를 격파해 미궁을 빠져나갈 것.

그러나 라스트 보스가 존재하지 않아 승리 조건을 달성할 수 없다.

다시 말해, 신의 미궁 루셰이메어는 공략 불가능.

『……농담이지?』

턱을 괸 나유타의 손이 파르르 떨렸다.

『죽을 각오로 세이브까지 하고 간신히 돌아왔는데. 미란다 사무장님, 그건 누가 꺼낸 예상인가요?』

“우리 지부잖아. 그렇다면 한 명밖에 없지 않겠어?”

『페이?』

“……나도 실수했네. 시간이 늦었다고 생각해서 부르지 않았는데, 역시 그가 없으면 설명하기 번거로워지네.”

머리를 긁적인다.

“하지만 그런데도 페이 군은 완전 공략을 하겠대.”

같은 시각.

신비법원의 남자 기숙사에서, 페이가 기숙사 부지를 어슬렁어슬렁 걷고 있었다.

심야의 고요한 기숙사.

페이의 그림자가 밝지 않은 가로등이 비추는 잔디 위로 흐릿하게 떠올랐다.

"……피곤해라. ……벌써 어둡고 춥네……."

심야 세 시.

어찌하여 이런 밤늦은 시간에 밖을 어슬렁거리는가 하면 이제야 일을 마치고 신비법원 빌딩에서 돌아오는 중이기 때문이다.

그렇다. 미란다 사무장의 자고 있을 거라는 예상과는 다르게, 깨어있었다.

일이라고 하면, 역시 게임.

다만 페이가 원해서가 아닌, **신들**의 요청 때문이었다.

"……신의 체력…… 무한이라니…… 너무하네……."

페이의 오늘 스케줄은—.

미궁에 들어가 80시간 이상 분투하고, 오늘 새벽 4시에 힘겹게 귀환.

그리고 레셰와 우로보로스가 졸라대는 탓에 23시간 동안 게임 파티.

다시 말해 새벽 4시에 돌아온 이후, 다음 날 새벽 세 시인 지금까지 게임만 한 것이다.

"……설마 우로보로스, 여기에 눌러앉을 생각인가?"

한 가지 알게 된 사실이 있다.

우로보로스는 자신의 게임은 물론 인간의 게임도 무척

좋아한다.

트럼프, 체스, 다트 등.

레셰의 방에 있는 놀이를 모조리 점찍어 두고는 한 게임이 끝나면 다음엔 이 게임을 하자며 졸라댔다. 거기에 어울려준 결과, 놀기 시작한 뒤 18시간이 이후 펄이 쓰러졌다.

털석, 하고.

손에는 체스 말이, 얼굴엔 환한 미소가 떠오른 채 실이 끊긴 인형처럼 쓰러졌다.

뒤이어 21시간째에 넬이 쓰러졌다.

"……그 이후의 기억은 나도 없다니까."

페이(인간), 레셰(이전 신), 우로보로스(신).

세 사람이 동시에 대전하는 오셀로가 시작되고…… 정신이 들고 보니 페이는 신비법원 빌딩을 나와 기숙사 부지에 서있었다.

"……일단 쉬자. 사무장님이 내일도 아침부터 할 이야기가 있다고 말했으니까."

너무 졸려서 아무런 생각도 할 수 없다.

휘청이면서도 필사적으로 자신의 방에 도착했다. 샤워할 기력조차 없었다. 옷을 갈아입는 것도 잊고서 침대로 다이브.

"……응?"

물컹.

쓰러질 때 손에 뭔가 부드러운 것이 닿은 것 같았는데,

기분 탓이겠지.
졸려서 의식이 몽롱한 탓이리라.
"……음."
작은, 무언가를 견디는 듯한 목소리.
"……으음. 인간아, 꽤 대범하구나."
부끄러워하는 목소리가 들린 것 같다.
하지만 기분 탓이리라.
"……음. 잠깐, 인간아. 내가 그렇게 좋은 거야……? 하지만 계속 만지면…… 아무리 나라도…… 조금은 간지럽잖아……."
또 들린다.
아무래도 졸려서 환청까지 들리는 듯하다.
"후우. 아무래도 우리 인간이는 내 몸도 마음에 들었나 보네. 하긴, 나는 무패니까. 내 몸도 아직 무패라는 거겠지."
뭔가 자랑스러운 듯한 목소리. 자려고 눈을 감았는데 머리에 울린다. 이유는 그 목소리가 무척이나 가까이서 들렸기 때문이다.
바로 옆에서 이야기하는 듯한 현실적인 목소리.
"……응?"
이상하다. 환청이 아닌가?
아니, 환청일 것이다. 이곳은 내 방이며, 내 침실이니까.
"……."
슬며시 눈꺼풀을 들었다.

어둠 속에서 제일 먼저 눈에 들어온 것은 밝게 빛나는 루비(홍옥)색이었다.

빛의 반사가 아니다. 신의 눈동자인 그것은 어렴풋하나마 신비롭게 빛을 내고 있었다. 그 눈동자가 자신을 바라보며 장난스럽게 미소 지었다.

“아, 일어났구나, 인간아.”

은발 소녀가 쿡쿡 웃었다.

한 침대에서 서로의 앞머리가 닿을 정도로 가까운 거리에서 누워있었다.

그리고 이건 1인용 침대.

혼자서 자는 게 고작인 넓이라서, 페이가 뻗은 손은 소녀가 입은 셔츠의 「무패」라는 글자에 파고들 기세로 놓여 있었다.

또한 그 두 글자는 셔츠의 가슴 부근에 인쇄되어 있었다. 다시 말해 페이의 손에 닿은 것은…….

“으악?!”

깜짝 놀라 손을 뺐다.

“우로보로스?!”

“인간아, 안 잘 거야?”

“자려고 했지! ……그보다, 말이지.”

졸려서 머리가 잘 돌아가지 않는다.

애초에 우로보로스는 신비법원 빌딩의 방을 배정받았을

것이다.

한편, 이곳은 남자 기숙사.

"……왜 내 방, 내 침대 위에?"

"나 계속 우리 인간이의 뒤에 있었는데 말을 걸어도 대답하지 않길래 여기까지 같이 왔지!"

"어? 전혀 몰랐어……."

납처럼 무거운 몸에 채찍질하며 느릿느릿 상반신을 들었다.

참고로 우로보로스는 지금도 침대에 누운 채.

"후후후. 모르는 것도 무리가 아니지. 난 온몸을 투명화하고 기척을 죽인 채 따라갔으니까!"

"……숨바꼭질이라도 할 생각이야?"

"이야기를 돌리자면, 나는 아직 덜 놀았다고. 하지만 해산할 분위기가 되니까 인간이의 뒤를 따라온 거야. 하지만……."

우로보로스가 일어났다.

침대 위에서 책상다리로 앉고서 이쪽을 가만히 바라보았다.

"인간이도 인간이니까. 보아하니 남은 체력이 3밖에 없네."

"그게 어느 정도인데?"

"개한테 물리면 죽을 정도."

"빈사도 그런 빈사상태가 없잖아?!"

"그러니까 내가 따라와 준 거지!"

"으앗?!"

세차게 손이 당겨진 페이는 앞으로 고꾸라지듯 침대 위

로 쓰러졌다. 다급히 고개를 들려고 한 순간, 이불보다 부드러운 무언가가 닿는 감촉이 들었다.

"내가 지켜줄게!"

"……우읍?!"

말하고 싶어도 목소리가 나오지 않는다.

우로보로스가 위로 몸을 올리고서 가슴으로 얼굴을 짓눌렀다. 사랑스러운 외모에서는 상상도 할 수 없을 정도로 중량감이 있는 두 언덕 사이에 끼게 됐다.

"후후. 영광스럽게 생각해. 이 무패인 내가 하룻밤 동안 인간이를 안고 자줄 테니까. 그럼 안심하고 잠들 수 있겠지?"

"……야!"

페이의 머리를 안는다.

우로보로스 자신은 마치 마음에 든 인형을 안은 소녀처럼 무척이나 만족스러운 얼굴로 미소를 지었다.

"후후. 그렇게 사양할 것 없어. 누가 뭐래도…… 응?"

"싫어하잖아."

덥석.

페이의 머리를 안은 우로보로스의 머리를 다른 누군가의 손이 거머쥐었다.

"불길~한 예감이 들어서 와봤더니."

"힉?!"

그 손에 잡힌 순간, 우로보로스가 살짝 떨었다.

그것이 단순한 괴력이라면 놀라지 않았을 것이다. 그러나 우로보로스는 무의식중에 자신이 여기서 불리하다는 생각이 들었다. 이건, 곤란하다는 생각이.

"……용아?"

"굴러들어온 돌이."

어둡고, 늦은 밤에.

반짝이는 호박색 눈동자가 우로보로스를 노려보았다.

"너, 아까 자러 간다면서 내 방에서 나갔지?"

"그, 그랬던가?"

"뻔뻔하군."

"분명 그렇게 말했어요."

떠오르는 두 그림자.

레셰의 양옆에서 마찬가지로 눈빛이 번뜩이는 검은 머리의 소녀와 금발의 소녀가 나타났다.

다시 움찔하는 우로보로스.

"자, 잠깐, 오해야! 나는 이 인간이를 하룻밤 동안 지켜주려고……."

"이야기는 밖에서 들을게."

"심문 시간이군."

"정말이지, 페이 씨 곁에서 자려는 걸 용서받을 수 있을

줄 알았나요?"

"으아아아아아아아아?!"

두 팔을 붙들려 연행되는 우로보로스.

오직 한 사람.

기절해 의식과 기억을 잃은 페이만이 침실에 남겨졌다.

5

다음 날.

지난밤에 있었던 일을 모두 잊어버린 페이가 레셰의 방에서 발견한 것은.

두 팔이 수갑으로 묶인 우로보로스였다.

"……음. 이렇게까지 전력으로 경계할 줄이야. 하긴, 난 무패니까. 거물은 언제든 주목받는 법이지."

"그냥 선수 치려고 했을 뿐이잖아."

그런 우로보로스의 머리에 손을 올린 레셰가 이제야 이쪽을 발견하고 고개를 들었다.

"아, 페이. 왔구나!"

"안녕. 그런데 우로보로스는 왜……."

"이 **신입**은 앞으로 내 방에서 맡기로 했어. 교육을 위해서."

수갑을 찬 우로보로스의 머리를 통통 두드리는 레셰.

그 뒤의 소파에는 펄과 넬이 사이좋게 자고 있었다. 아무래도 어젯밤은 레셰의 방에 모여서 잔 모양이다.

"여자들끼리 모임을 가졌어."

"……우로보로스의 두 손에 수갑을 채운 건?"

"페이."

레셰가 생긋 웃었다.

"여자들끼리의 모임이야."

"……네."

이 이상 파고드는 건 위험하다.

그렇게 경고하는 본능을 느낀 페이는 고개를 끄덕였다.

"알았어. 그것참 즐겁고 화기애애한 모임이었나 보네."

"응, 맞아."

레셰가 다시 생긋 웃었다.

그 순간, 잠자는 넬의 허리춤에서 통신기가 힘차게 울렸다.

"으앗?!"

"하읏?!"

넬이 벌떡 일어났다.

그 목소리에 옆에서 자던 펄까지 소파에서 일어났다.

"무, 무무무, 무슨 일인가요, 넬 씨!"

"……연락이 왔어. 응? 미란다 사무장님이군. 내게 연락이 오다니, 어쩐 일이지?"

『어? 아, 실수했네. 페이 군에게 걸려고 했는데 넬한테 걸었잖아.』

느긋한 사무장의 목소리.

"안녕하세요, 사무장님. 페이 공을 바꿀까요?"

『괜찮아. 어차피 다 옆에 있지? 스피커 설정으로 바꾸고 다 들리게 하면 돼. 사무연락이니까.』

그리고 잠시 후.

『넬 군, 오늘 아침 너희 팀에게 보낸 연락은 확인했지?』

"새벽 4시에 온 연락 말인가요?"

『응. 너희가 귀환하고 열몇 시간 후에 구조팀 셋이 더 귀환했어. 그건 기쁜 일이지만, 반대로 생각하면 결국 그 정도야. 정예를 모은 구조팀도 역시 대부분이 미궁에서 고전하는 중이지.』

현재 세계 각지에서 거신상에 다이브하는 것이 금지됐다.

이것은 전대미문의 사건이다.

세계 최고의 엔터테인먼트인『신들의 놀이』가 일주일 이상 중지되자 일반 팬 사이에서도 불안하게 여기는 사람이 생기고 있다.

사도는 언제 전원이 귀환할 수 있을까?

과연『신들의 놀이』는 정상적으로 재개할 수 있을까?

『……그래서, 본부의 의견이 나왔어. 역시 재돌입을 부탁하고 싶다네. 중간 세이브에 도달한 네 팀, 특히 제일 먼저 레이드 보스를 격파한 너희는 본부도 주목하고 있어. 아니, 기대하고 있지. 하지만 이건 어디까지나 부탁이야. 강제할 수는 없어.』

통신기를 통해 전달되는 한숨.

『페이 군, 그 미궁이 공략 불가능하다는 의견은 하룻밤이 지나서도 변함이 없어?』

"아직은요. 하지만 도전해볼게요."

넬이 손에 든 통신기를 향해 페이가 가볍게 끄덕였다.

"짐작되는 게 있으니까요."

『그 짐작이라는 걸 알려줘서 나도 안심시켜줬으면 좋겠는데?』

"물론 이야기하고 싶지만 가능하면 실제로 미궁 안쪽에 도달한 뒤에 할게요. 아직 확실하지 않은 사항이 너무 많아서요."

이건 페이의 본심이다.

확신에 가까운 예상은 있지만 그것이 틀리고 끝나버릴 가능성도 있다.

"무엇보다 제가 확신하고 싶지 않아요. 공략법이 이거라고 확신해버리면 그것만 머리에 남아 다른 공략법을 찾을 수 없게 되니까요. 저도 그러기 싫으니 아직 확실하지 않은 걸 말하고 싶지 않아요."

『……하아. 정말이지 너 다운 생각이네.』

사무장의 쓴웃음.

아까의 한숨과는 전혀 다른 포기에 가까운 달관의 호흡으로.

『알았으니까 다녀와. 하지만…… 제대로 공략법이 확정되면 보고하러 돌아와 줘. 기다리는 건 힘들거든.』

Chapter

Intermission ＿＿＿＿＿＿(이 대화) (의) (기록은) (불허한다)

God's Game We Play

영적 상위(엘리먼츠) 세계.

신들이 사는 「법칙이 다른 땅」. 인간이 그곳에 들어가려면 거신상이라는 이름의 문이 필요하다.

이곳도 그중 하나.

다만, 아직 한 번도 『신들의 놀이터』의 무대가 되지 않았다.

따라서 인간은 아무도 이곳의 존재를 모른다. 지금껏 누구도 발을 디딘 적이 없는 엘리먼츠이기 때문이다.

그래서 여기서 한 이야기는 누구도 들을 수 없다.

＿＿＿＿＿＿(이 대화) (의) (기록은) (불허한다).

『거신상에 간섭이 성공했군요.』

울리는 언령.

어느 누군가가 누군가에게 그렇게 말했다.

무한히도 깊은 자애와 사랑, 그리고 한 줌의 비애를 담고서.

『고마워요, 초수(超獸).』

『거신상과 이어진 엘리먼츠를 미궁 루셰이메어로 강제

고정. 전 세계의 모든 거신상과 연결했어요. 당신 덕입니다. 이걸로 모든 인간을 공략할 수 없는 게임에 모을 수 있습니다. 인간은 곧 항복할 겁니다. 모두가 포기할 테죠.』

『**신들의 놀이는 끝**입니다.』

침묵.

인간이라면 고통마저 느껴질 정도로 긴 간격을 두고서.

『헤케트 마리아(Heckt-Maria).』

웅장한 목소리의 누군가가 누군가에게 그렇게 말했다.

『루셰이메어에 개입이 있었다. 뱀이 들어왔군.』

그 말에.

『……**우로보로스가?**』

의문형으로 답한 것은 아까의 여자 목소리였다.

『신이 다른 신의 유희에 개입했나요?』

『그렇다.』

『……어째서.』

다시 깊은 침묵.

전능해야 할 신조차 알 수 없었다. 우로보로스는 동격이니까. 전능한 신도 마찬가지로 전능한 다른 신의 마음을 읽을 수 없다.

『뱀이라면 루셰이메어의 **게임 마스터 권한을 빼앗을 수**

있겠지. 뱀이 게임 마스터가 되면 루셰이메어의 룰 변경이 가능하다.』

미궁의 창조자(게임 마스터)는 당연하지만 미궁을 만든 신 자신이다.

그러나 그 신은 소멸.

따라서 루셰이메어의 게임 마스터 자리는 비어 있다.

우로보로스가 그 빈자리를 차지하게 된다면, 우로보로스의 변덕 하나로 공략 불가능의 미궁 이 **공략 가능으로 재창조된다.**

그것은 바라지 않는 경우다.

『내쫓죠. 뱀은 루셰이메어를 위협하는 위험인자가 될 거예요.』

여자 목소리에 차가운 감정이 담겼다.

『루셰이메어는 영원히 공략할 수 없어야 하니까요.』

Chapter

Player.2 죽음과 재생의 미궁 루셰이메어

God's Game We Play

1

한가한 지고한 신들이 초대하는 「신들의 놀이」.

선택된 인간은 사도가 되어 거신상을 통해 영적 상위 세계 신들의 놀이터(엘리먼츠)로 오갈 수 있게 된다.

페이 일행이 찾은 곳은 극채색으로 빛나는 모니터들이 공중에서 이어져 있었다.

몇십 개의 모니터로 구성된 공간.

"아, 이거 본 적 있어요!"

주위를 둘러본 펄.

"던전 난이도를 골랐던 곳이네요. 아마 이 부근에……."

허공을 가리켰다.

마침 그 부근에 황금의 검과 설명문이 떠올랐다.

세이브 아이템『라이온 하트』.

용감한 자들에게. 전쟁터로 돌아온 것을 환영한다.

레이드 보스「잠자는 사자」에게서 얻은 드롭 아이템(전리품)이다.

페이 일행이 올려다보고 있으니 황금검이 천천히 돌로 된 토대 안으로 들어가기 시작했다.

시야가 잠시 흐려지고.

페이 일행은 원형으로 된 커다란 방에 서있었다.

바닥은 콘크리트처럼 딱딱한 석제.

방의 벽에는 몇백 개나 되는 촛대가 설치되어 있었다.

"잠자는 사자를 쓰러뜨린 곳. 여기가 우리의 새로운 리스폰 지점인 것 같은데……."

넬의 흐릿한 말투.

처형장의 벽을 바라보는 넬이 수상하다는 듯이 눈을 가늘게 떴다.

"이 벽의 색은 뭐지?"

처형장 벽의 색이 달려졌다.

부패한 것 같기도 하고 녹이 슨 것 같기도 한 불길한 반점 모양이 여기저기에.

천장과 바닥에도 있었다. 모든 벽에 곰팡이라도 핀 듯한 기분 나쁜 색이 첨가되어 있었다.

"페이 공, 이 처형장이 이런 색이었나……?"

"설마. 전에는 차가운 회색이었어. 그러니 이게 의도적인 게임 기믹인지 신경 쓰이네."

누가 봐도 처형장의 모습이 달라졌다는 것은 의심하지 않을 것이다.

……게임 기믹이라면 발동 조건은 뭐지?

……우리가 현실로 귀환해서? 아니면 레이드 보스를 쓰러뜨렸기 때문?

끼익.

선명한 소리와 함께 문이 열렸다. 페이 일행의 뒤에서 레셰가 처형장의 문을 안쪽에서 밖으로 밀어 열고는.

"페이, 이거 미궁 전체가 그런 건지도 모르겠어. 처형장만 그런 게 아니야."

문 너머로.

처형장과 이어진 복도 또한 불길한 색으로 물들어 있었다.

게다가 미궁의 복도만이 아니다. 복도 창문으로 보이는 하늘이 선혈처럼 강렬한 붉은색으로 물들어 있는 것이 아닌가.

"이, 이게 뭔가요?! 어쩐지…… 색이 바뀌니 난이도가 올랐을 것 같은데요?!"

"……나도 동감이다."

펄에게 고개를 끄덕인 넬.

"**이게** 미궁 전체에 퍼진 거라면 페이 공이 말한 것처럼 게임 장치일 거다. 게임의 난이도가 올랐을 가능성도 있겠군."

다시 현실을 깨닫게 됐다.

자신들은 아직 이 게임의 전모를 전혀 이해하지 못하고 있다는 사실을.

"좋아! 자, 인간아!"

그런 상황에서 우로보로스가 촐랑대듯이 밝게 손뼉을 쳤다. 이제는 상징이라 할 수 있는 무패 티셔츠 차림으로 문을 가리키면서.

"그럼 쭉쭉 나아가라!"

"……응?"

"응? 왜 그래? 인간아."

"아니, 좀 의외랄까…… 자기가 먼저 간다고 나설 줄 알았어."

선두를 양보할 줄은 몰랐다.

애초에 우로보로스가 따라온 이유가 「이런 미궁은 후딱 끝내고 내 게임을 하러 가자」 였으니까.

……우로보로스는 존재 자체가 치트나 마찬가지야.

……이 극악 버그 미궁도 힘으로 밀어붙일 줄 알았는데.

힘을 행사할 것 같지는 않다.

그 점이 의외였다.

"흐흠? 뭐, 나는 무패니까!"

지금 그건 아무런 상관없잖아.

누구나 내심 그렇게 생각했음을 알 리가 없는 우로보로스는 자신만만하게 가슴을 폈다.

“딱히 정해진 건 없어. 신의 게임에 다른 신이 참견해도 상관은 없지.”

“어? 그랬구나…….”

“다만! 신들은 인간과 놀기 위해 전용 게임을 만들고 두근거리며 기다리고 있어. 그러니 다른 신이 개입하면 즐거움도 줄어들겠지?”

우로보로스가 몸을 굽히며 바닥에서 돌멩이를 주워 그것을 벽을 향해 던졌다.

벽의 반점을 향해.

“……다트?”

“신은 게임의 주최자야. 다트로 대결하자고 인간을 불러 즐거울 때, 부르지도 않은 다른 신이 나타나 수류탄을 던져 게임을 산산조각내고는 「네가 만든 다트판은 사라졌으니까 내가 이겼다」라고 하면 재미없잖아?”

신은 다른 신의 게임을 망가뜨릴 수 있다.

게임으로 정해진 규칙 외에도 우로보로스가 비유한 것처럼 다트 게임에서 다트판을 부수고 승리할만한 힘이 있다.

하지만.

“그런 승리에 무슨 의미가 있어? 재미없지. 그렇잖아?”

우로보로스가 씩 웃었다.

장난꾸러기처럼 보이기도 하는 얼굴로.

“그러니까 신은 다른 신의 게임에 되도록 간섭하지 않

아. 나도 이 게임에 참가하겠지만, 규칙은 지킬 거야.”

“훌륭하다!”

감격한 표정으로 외친 넬.

“무패 공, 난 그 이야기에 감동했다! 그것이야말로 게임을 사랑하는 자의 마음!”

“흐흠, 당연하지.”

“그러니까 레이드 보스인 잠자는 사자도 신의 힘을 사용한 게 아니었던 거군. 8경의 대미지라는 숫자도 게임 룰의 허용 범위라고!”

“…….”

“음? 어째서 고개를 돌리는 건가, 무패 공.”

“……그건 ……그 강아지가 내 이야기를 막는 바람에 그만…….”

“무패 공?!”

그때.

그런 두 사람의 머리 위로 작은 날갯짓 소리가 들렸다.

『잘 돌아오셨습니다.』

연분홍빛 작은 정령이 내려왔다.

『저는 주신으로부터 게임 설명을 맡은…….』

“분홍 정령 벌레!”

『미이프입니다. 벌레가 아니에요.』

펄의 명명을 슬며시 회피한 미이프가 손뼉을 쳤다.

『자, 곧바로 설명하자면 큰일이에요. 여러분이 안 계신 동안 이 던전이 무려 「명궁(冥宮)」 모드가 되고 말았습니다!』

역시.

미이프의 설명에 놀라는 사람은 없었다. 처형장과 바깥 풍경이 변한 것을 보면 무슨 일이 일어난 것이 확실했다.

『어떤 변화가 일어났는가 하면…….』

"아하! 끝까지 말하지 않아도 알겠어요!"

끼어든 펄.

"이 불길한 벽색! 피처럼 새빨간 하늘! 이렇게 기분 나쁜 던전으로 바뀌었으니 일목요연! 난이도가 오르는 건 이미 각오해뒀어요!"

『아, 이 색은 그냥 기분 전환입니다.』

"아니라고요?!"

『던전에 출현하는 몬스터에 약간의 차이는 있지만, 어차피 몇백 번도 더 전멸할 테니 오차 범위입니다.』

"오차라는 말로 끝낼 일인가요?!"

『그러면.』

미이프가 허공을 가리켰다.

거기에 본 적이 있는 문자판이 떠올랐다.

『재도전하는 여러분, 제가 미궁을 다시 설명해드리겠습

니다.』

【신의 미궁 루셰이메어】

① 목적은 가장 깊은 곳의 라스트 보스를 격파하는 것.
(마지막 문이 열리며 탈출 성공)

② 미궁에는 수많은 몬스터와 장치, 함정이 설치되어 있음.
그것들을 공략하며 진행.

③ 공략에는 미궁 안의 아이템이 유효.

④ 두 가지 이상의 아이템으로 더 상위의 아이템을 제작(크래프트)할 수 있음.
또한 아이템 소지는 오른손과 왼손에 하나씩.
(즉, 최대 두 개까지 가능)

⑤ 게임의 기초 스테이터스는 본인 기준.
※다만 초기에 『PMD』를 선택했을 경우에는 제한이 있음.

⑥ 몇 번이고 도전할 수 있는 리스폰 시스템.
리스폰은 팀의 누군가가 사망 판정을 받았을 때.
리스폰 후에는 획득한 아이템 등을 잃고, 격파한 보스와 공략한 함정이 초기화되니 주의가 필요함.

아무것도 달라지지 않았다.

이 미궁이 명궁 모드로 변한 후에도 미궁에 관한 튜토리얼 글까지는 변하지 않는 듯하다.

『참고로 여러분의 해방치는, 어디…….』

미이프가 제일 가까이 있던 펄의 머리 위로 손을 뻗었다.

거기에 소수점으로 표기된 숫자가 떠올랐다.

펄: 6.5

『오, 나쁘지 않은 수치입니다. 해방치는 여러분이 미궁 속 장치를 공략하는 것으로 상승하니 꿈에 그리던 100퍼센트를 노려보는 것도 재밌을지도 모르겠네요. 여러분의 미궁을 향한 정열을 나타내는 수치라고 할 수 있으니까요.』

"……말은 그렇지만요."

펄이 자기 머리 위로 떠오른 숫자를 가만히 바라보았다.

"이건 자기만족이라고 했죠?"

『네.』

"정말로 아무래도 괜찮은 거죠?!"

『그러니까 리스폰해도 수치가 초기화되지 않는 겁니다.』

펄의 해방치가 다시 사라졌다.

그것을 지켜본 미이프가 이쪽을 둘러보았다.

『완전 공략을 향해 힘내주세요! 참고로 리스폰 지점은 언제든지 선택할 수 있습니다. 이 처형장인지 초기 지점이었던 던전 앞인지. 변경을 희망하신다면 제게 말을 걸어주세요.』

"……그래."

페이가 미이프를 올려다보며 끄덕였다.

약간의 위화감이 든다.

어째서지?

어째서 미이프는 플레이어 측에게 이렇게나 자신만만하게 완전 공략을 추천하지?

……이 게임은 공략할 수 없을 텐데.

……최종 지점에 있는 라스트 보스가 죽었어. 그래서 이 게임은 망가졌는데.

"뭐, 됐어. 직접 확인해보지."

『출발하실 건가요? 그럼 새로이 열린 이 문으로 가시죠.』

처형장 안쪽.

잠자는 사자를 쓰러뜨린 것으로 열린 새로운 문을 가리켰다.

『그럼 또 봬요.』

"그거, 우리가 죽어서 리스폰할 거라는 의미죠?!"

미이프의 의미심장한 인사를 뒤로하고 처형장 문을 빠져나갔다.

그곳에는.

꿀렁꿀렁 맥이 뛰는 복도가 무한히 안쪽으로 이어져 있었다.

바닥은 빨강과 검정의 모자이크 문양.

혈관처럼 두근두근 뛰는 붉은 줄기가 수없이 벽에 떠올라 있었고, 복도에 있는 돌기둥도 거뭇거뭇한 곰팡이와 같은 것이 잔뜩 피어 있었다.

"엄청 기분 나빠요오오오오오!"

맥이 뛰는 바닥을 바라보자 펄이 펄쩍 뛰었다.

"마치 거대한 생물의 몸속 같잖아요?! 그렇게 예뻤던 왕궁의 복도가…… 이렇게 돌변하다니!"

"……이 디자인, 그다지 좋은 취향은 아니군."

조심스럽게 발을 내딛는 넬.

두근두근 태동하는 혈관에 가까운 줄기는 아무래도 밟아도 괜찮은 모양이었다.

"……아무것도 없군. 이 줄기를 밟으면 혈액이 뿜어져 나와 전멸하는 것도 각오했다만."

"그런 각오는 싫어요!"

"일단 앞으로 가지. 좋아, 페이 공. 여긴 내가 먼저 가겠다."

"괜찮겠어?"

"내 어라이즈는 회피력이 뛰어나. 함정 대응은 맡겨다오."

선두는 넬. 그 뒤로 페이와 레셰. 그리고 펄, 제일 뒤는 우로보로스 순서로 복도를 걸었다.

그러나.

우로보로스가 그런 순서를 잠자코 지킬 리가 없다.

"호오? 이게 인간이 게임을 플레이할 때의 심정인가?!

아니, 이건?"

벌써 뭔가 발견한 듯하다.

귀엽게 폴짝 뛰듯이 대열에서 벗어나 복도의 벽으로 다가갔다.

"무패 씨, 왜 그래요?"

"벽에 금색 스위치가 있어, 가슴아."

"스위치…… 수상하네요. 함부로 건드리면 안 돼요. 우선 주위에 함정이 없는지 살펴보죠."

"에잇!"

"망설이지도 않고 누르다니이이이이?!"

푸슉!

그런 큰소리와 함께 벽의 갈라진 틈에서 새빨간 안개가 뿜어졌다.

"어이쿠."

거의 밀착 상태에서 발사된 안개를 가볍게 피한 우로보로스. 공중을 가른 안개가 그 뒤에 있던 소녀를 향해…….

"위험해, 가슴아."

"네? ……꺄아아아아아아아아아악?!"

펄에게 직격.

얼굴에 새빨간 안개를 맞은 펄이 두 눈을 가리며 괴로워했다.

"눈 아파아아아아?! 이, 이건 고춧가루 스프레이예요오오!"

그저 눈을 아리게만 하는 장치인 듯하다.

리스폰 판정이 아닌 건 불행 중 다행이지만 이런 통증이 이어진다면 펄에겐 리스폰하는 편이 더 나을 것이 분명하다.

"알았다! 이건 새로운 요소야!"

레셰가 눈을 번뜩였다.

"미궁의 불길한 분위기와 이 은근히 괴롭히는 장치로 조금씩 플레이어의 정신을 피로하게 만들 생각이네. 그런 상황에서 진짜 함정이나 몬스터가 공격할 게 분명해. 조심하자, 페이."

"그래, 함정도 늘었을 것 같아."

"제 눈을 먼저 걱정해주세요! ……정말, 뭐야."

눈을 비비는 펄.

"이제 수상한 스위치는 절대로 누르지 않을 거예요. 알겠죠? 무패 씨."

"나는 아무것도 안 했는데?"

"눌렀잖아요오오오오?! 제 앞에서 스위치를!"

"쉿! 다들 조용히!"

넬의 목소리가 울렸다.

딸랑…….

통로 너머에서. 무한히 이어진 복도의 십자 교차로에서 기괴한 종소리가 울리는 것이 아닌가.

"……아. 벌써 불길한 예감이 드네."

페이도 무심코 쓴웃음을 지었다.
이 종소리가 플레이어의 기척일 것 같지는 않다.
십중팔구 몬스터다. 더 깊게 생각하자면 일부러 「다가가고 있습니다」라고 종소리로 알려주는 적이 약한 몬스터일 리가 없다.
벌써 황금 파후 같은 에어리어 보스가 등장하는 걸까?
"넬 씨! 조, 조금 물러나는 편이……."
"그렇군. 이건 경계하는 편이 좋을 것 같다."
펄이 뒤로 물러나고 넬도 따랐다.
모퉁이를 응시하는 가운데 딸랑딸랑 울리는 종소리가 바로 앞까지 다가오고.
『뿌잇.』
삼각 모자를 쓴 귀여운 난쟁이가 나타났다.
키는 페이의 절반 정도일까.
긴 속눈썹에 토끼처럼 길게 뻗은 귀, 고양이처럼 코가 낮았다. 어딘가 앳된 풍모가 마치 동화 속 정령과 같았다.
"귀여워요~!"
펄이 소리쳤다.
"이, 이 귀여운 인형 같은 얼굴. 이렇게 귀여운 적이 어디 있겠어요! 아니요, 오히려 이런 귀여운 적이라면 무슨 짓을 당해도 용서할 수 있어요!"
『뿌이?』

“……하아, 하아. ……사, 살짝 귀를 만져도…….”
난쟁이가 이쪽을 보았다.
그 눈앞에는 거칠게 숨을 몰아쉬며 다가오는 펄이 있었다.
『뿌이~?!』
난쟁이가 소리치며 폴짝 뛰었다.
딸랑딸랑!
방울이 달린 지팡이를 크게 휘두르고서 쏜살같이 도망쳤다.
“아, 뿌이뿌이 요정이 도망쳤어요?!”
“누가 몬스터인지 모르겠네…… 응? 잠깐, 펄!”
새로운 몬스터가 나타났다.
펄의 무릎까지 오는 작은 동물이었다. 털이 잔뜩 나서 둥그스레한 몸. 우리가 아는 한 이 미궁에서 가장 약할 그 적은.
“……파후?”
펄이 눈을 비볐다.
고춧가루 스프레이때문에 얼얼한 탓이 아니다. 그저 단순하게 눈앞에 나타난 몬스터의 상태가 이상하기 때문이었다.
『브아아아후우우우.』
갈색이었을 털이 꺼림칙한 푸른곰팡이 색이 되었으니까.
목소리도 갈라졌고, 무엇보다 악취가 심했다. 온몸에서 썩은 음식물 쓰레기와 같은 이상한 악취가 풍기는 것이 아닌가.

좀비 파후라고 불러야 할 모습이었다.

"뭐지?! 그렇게 귀여웠던 파후가 이런 안타까운 모습이 되다니……."

넬도 눈앞의 사실에 충격을 감추지 못했다.

그러자 좀비 파후가 뛰어들었다.

『바아아후우우우!』

"큭?! ……응? 아니, 아프지 않잖아?"

넬이 좀비 파후의 몸통 박치기를 가볍게 막았다.

변화는 생김새뿐. 낮은 공격력은 이전의 파후와 다름없는 듯하다.

"흠…… 변한 건 생김새뿐인가. 냄새가 좀 심하지만 무서워할 것까지는 아니니다. 그나저나 참 비참한 모습이군. 어떻게든 원래 모습으로…… 응? 왜 그래? 파후."

좀비 파후가 떨기 시작했다.

넬에게 안긴 자세로…….

『부에엑!』

토했다.

좀비 파후가 구정물처럼 악취가 나고 더러운 진득한 위액을 토해냈다.

"으아아아아아?! 내 옷에 좀비가 토한 위액이?!"

다급히 좀비 파후를 내려놓았지만 이미 늦었다.

넬의 목부터 가슴까지 끈적하게 녹색 액체가 들러붙은 뒤였다.

"넬 씨, 지독해요!"

"아, 아니다! 악취가 나는 건 이 위액이다! 내가 아니야!"

『부에엑!』

"또 토했다?! 이번엔 바닥에?!"

바닥으로 튄 위액.

피해는 없지만 악취가 심했다. 그리고 보기에도 최악이었다. 따라서 페이의 선택은 상관하지 않고 옆을 빠르게 지나치는 것.

"내버려 둬. 빠져나가자!"

뿌이뿌이 정령(펄 명명)은 이미 도망친 뒤다.

좀비 파후도 움직임이 느리다. 악취와 더러움 이외의 영향이 없다면 여기서 무시하고 지나가면 된다.

『바아아후우우우!』

"따라오는데요오오?!"

미궁을 전력으로 달렸다.

"넬, 다음 갈림길에서 오른쪽이야!"

"페이 공, 그 이유는?!"

"방금 뿌이뿌이 정령이 도망친 방향이야! 뭔가 있을지도 몰라!"

"알겠다!"

넬을 앞장세우고 계속 달렸다.

뒤에 있던 좀비 파후는 이미 포기하고 돌아갔는지 따라오는 기척이 없었다.

"……하아 ……하아 ……가, 간신히 뿌리쳤네요."

펄이 크게 어깨를 들썩였다.

그러는가 싶더니 쿨럭 기침을 하더니.

"윽…… 심호흡했더니 넬 씨의 냄새가……."

"내 냄새가 아니다, 파후의 위액이야!"

"이 냄새가 스며들어서 언젠가 넬 씨의 몸에서도 같은 냄새가……."

"그런 말 마, 펄! 아, 정말. 가자!"

반쯤 자포자기가 된 넬이 정면을 가리켰다.

그 기세로 성큼성큼 직진하려다가.

"저기, 저 문은?"

레셰가 왼쪽으로 굽이진 통로를 가리켰다.

아름다운 은색 문. 그 주변에는 황금 장식이 되어 있어서 문 그 자체가 하나의 예술품인 것처럼 아름답게 빛나는 것이 아닌가.

보물창고.

빼어난 글씨로 그렇게 적혀 있었다.

"나왔어요! 이건 분명 이벤트용 방일 거예요!"

펄이 문을 향해 달렸다.

잠자는 사자가 기다리던 처형장과 비슷한 분위기가 있었다. 그 문을 열면 분명 이벤트가 발생할 것이다.

하지만.

펄이 문을 민 순간, 금속이 부딪치는 소리가 났다.

"어라?! 문이 안 열려요! 잠겨있어요!"

"열쇠가 필요하겠지."

오히려 문이 잠겨있는 것이 자연스럽다.

이 미궁이 그렇게 간단히 앞으로 나아가게 할 리가 없다. 문이 간단히 열렸다면, 오히려 함정이라고 수상히 여겼을 것이다.

"추측이지만 우리가 달려온 길의 도중에 보물창고의 열쇠가 있겠지. 수상한 건 그 뿌이뿌이 정령이야. 그 녀석이 떨어뜨릴지도 몰라."

"페이 공, 그 좀비 파후가 지녔을 가능성은?"

"그럴 수도 있지. 모조리 조사해보자."

돌아가려고.

모두가 움직인 순간, 머리 위에서 갑자기 강렬한 빛이 쏟아졌다.

『아니, 길을 잃었습니까?』

천장이 빛으로 가득해졌다.

펄의 워프 포탈과 비슷한 빛의 고리가 생겨나더니 거기서 등에 날개가 달린 인간형 몬스터가 내려왔다.

『저는 천사 피자리스데트 푸딩겟휴메리켈브릴리언트 3세. 이 미궁에서 가장 애정 많고 자비로우며 길 잃은 자를 구조하는 것으로 유명합니다.』

“호오!”

그 순간 펄의 눈이 반짝였다.

“이름이 기니까 천사 피자푸딩 씨라고 불러도 될까요?!”

『좋습니다.』

생긋 미소 짓는 천사.

그 광경에 펄을 제외한 페이 일행은 충격에 가까운 감동을 금할 수 없었다.

“……펄의 별명을 받아들이다니?!”

“……그런 지독한 이름을…… 이 천사는 보통 녀석이 아니야!”

“……미궁에서 가장 자비로운 천사. 아무래도 확실한 것 같군.”

『오오, 당신들은 실로 운이 좋습니다.』

천사 피자푸딩이 두 팔을 벌렸다.

『저는 행운의 사자. 당신들에게 도움이 되는 소원 하나를 이루어드리겠습니다. 자, 어떤 소원이든 말씀해보세요.』

“저, 정말인가요? 피자푸딩 씨! 그럼 이 열리지 않는 문의 열쇠를 주세요!”

『알겠습니다. 제게 불가능이란 없습니다.』

천사가 지팡이를 들었다.
그러나 곧바로 천사의 움직임이 멈췄다. 이쪽을 가만히 내려다본 채로, 그 얼굴이 점점 험악해졌다.
"왜, 왜 그러세요? 피자푸딩 씨."
『……정말이지, 불결한.』
"네?"
『당신! 그리고 저기 당신 말입니다!』
천사가 가리킨 것은 넬과 펄.
넬의 가슴은 좀비 파후의 위액으로 악취가 났고.
펄의 얼굴도 처음에 당했던 고춧가루 스프레이가 페인트처럼 묻어있었다.
『당신들의 바람을 이루어드리겠습니다! 그것은 바로 정화!』
"네? 저희는 그런 말을……."
『아름다운 영혼으로 다시 태어나세요!』
지팡이가 빛을 뿜었다.
똑바로 바라볼 수 없을 정도로 압도적인 빛에 떠밀려.

천사의 『정화의 빛(퓨리파이)』.
부정한 자 둘은 소멸했다. (※게임 속 안내문)

시야가 암전.
그리고 리스폰. 정신이 들었을 땐 페이 일행 다섯은 처형장으로 돌아와 있었다.

"……."

"……이런 장치였네. 좀비 파후의 위액을 맞았을 때, 그 천사가 분노해 전멸하는 거야."

"……넬 씨의 냄새가 심했나 보네요."

"펄도 마찬가지잖아! 두 명이라고 했다, 두 명이라고!"

미궁 루셰이메어.

그 「명궁」 모드에 당황한 것은 페이 일행만이 아니었다.

"어떻게 된 거야?!"

혈관처럼 생긴 줄기가 맥을 뛰는 통로.

창문 밖으로 보이는 하늘은 피처럼 붉어서, 비유하자면 세계 최후의 날 같은 종말적인 느낌이었다.

여성 리더가 완전히 달라진 미궁을 열몇 명의 부하와 함께 소리치며 계속해서 달렸다.

팀 「대천사(아크엔젤)」의 리더 카밀라.

굽이진 갈색 머리에 안경 너머로 지적인 눈빛이 인상적이지만…… 지금 그녀는 다가오는 「소리」에 겁에 질린 표정이었다.

딸랑…….

통로의 먼 곳에서 들려온다.

소리가 통로에서 난반사되는 탓에 소리가 나는 방향이 앞인지 뒤인지도 확실하지 않았다. 그래서 어디로 도망쳐야 안전한지 알 수 없었다.

"리더!"

"바로 근처야, 조심해!"

카밀라와 부하들이 마른침을 삼키며 응시하는 십자 교차로에서 삼각 모자를 쓴 귀여운 난쟁이가 나타났다.

『뿌이?』

그 난쟁이가 이쪽을 돌아보고는.

위험하다.

"기, 기다려! 우리는 무섭지 않아! 적이 아니야. 자, 전혀 무섭지 않잖아?!"

『뿌이이이이이?!』

인간을 보고 비명을 지르는 난쟁이.

그렇다. 인간이 몬스터를 보고 겁에 질리는 것처럼, 몬스터도 인간을 보고 겁에 질리는 종이 있다. 그럼 겁에 질린 몬스터가 무엇을 하는가 하면.

딸랑딸랑!

도망치기 시작한 난쟁이가 방울이 달린 지팡이를 힘껏 휘둘렀다.

"크, 큰일이에요, 리더! **그 놈들이 올 거예요!**"

"도망치자!"

재빨리 이 자리를 피해야 한다. 하지만 그런 결의를 실행하기도 전에, 카밀라 일행의 뒤에서 무수한 기척이 다가왔다.

복도에서.

푸른곰팡이와 같은 색인 수많은 털뭉치가 눈사태처럼 밀려들었다.

몇십 마리나 되는 좀비 파후의 무리가.

『바아아후우우우!』

"이제 싫어어어어어어!"

좀비 파후 무리로부터 전력을 다해 도주.

뿌이뿌이 정령.

약한 몬스터로 보이지만, 인간을 발견하면「소환 지팡이」를 휘둘러 최대 50마리까지 랜덤으로 몬스터를 부르는 흉악한 능력을 지녔다.

『바아아후우우우!』

"에잇, 얼어버려!"

카밀라의 빙결탄(프로스트 바이트).

얼음 탄환이 복도를 폴짝폴짝 뛰어오는 좀비 파후에게 직격. 탄환을 맞은 좀비 파후는 그대로 바닥에 쓰러졌지만, 이 털뭉치는 곧바로 일어나 움직였다.

좀비이기에 부활한다.

카밀라의 마법만이 아니라 초인형인 부하가 때리거나 걷어차며 공격해도 이 좀비 파후는 쓰러지지 않는다.

이것이 바로『명궁』모드.

변화한 것은 미궁의 외견만이 아니었다.

모든 몬스터가 더욱 흉악한 개체로 진화했다.

"좀비 파후는 아무리 쓰러뜨려도 부활하고! 앞으로 전혀 나갈 수 없잖아?!"

"리더. 우리는 구출 팀인데 미귀환자의 동료가 됐네요."

"누가 그런 분석이나 하래?! 아, 정말, 다크스! 너희가 일이 있다고 해서 대신 온 거야! 이러다 귀환할 수 없게 되면 원망해줄 거야!"

마르 라 지부 에이스 사도의 이름을 외친다.

거의 괜한 원망에 가깝지만, 이렇게라도 스트레스를 해소하지 않으면 버틸 수 없을 것 같았다.

"이런 미궁에서 생을 마감하는 건 싫어! 난 올해야말로 사랑하는 달링과 바다에서 데이트하고 바비큐 파티를 할 거라고 정했는데!"

"먼저 남자친구부터 찾아야겠죠."

"지금 뭐랬어?"

"아무것도 아닙니다, 리더!"

"아, 정말! 누가 좀 도와줘! 지나가던 사람이나 운명이나 기적이라도 좋으니까! ……그래, 그러고 보니 페이는?!"

다크스에 이어 머릿속에 떠오른 사람은 다른 도시의 소년이었다.

태양신 마아트마 2세와의 『태양 쟁탈 릴레이』 이후 카밀라가 가장 신뢰할 수 있는 남자 중 한 명이다.

페이도 구조팀으로 이 미궁에 왔다.

"다크스는 그렇다 치고! 페이는 지금 어디서 뭘 하는 거야?!"

"바로 그렇다!"

뚜벅.

큰 구두 발소리를 울리며 검은 코트를 입은 청년이 통로 안쪽에서 등장했다.

탁한 은발에 의지가 강해 보이는 날카로운 눈매의 청년. 그런 그의 모습에 카밀라는 자기 눈을 의심했다.

"다크스?! 너, 역시 왔구나!"

"음. 2차 구조팀으로 왔지."

다크스 기어 시미터.

그 늠름한 풍모와 화끈한 게임 플레이로 게임의 프린스라고도 불리며, 카리스마를 겸비한 신비법원 마르 라 지부의 사도이다.

"우리 다크스가 소란 좀 피울게요."

그의 뒤에서 갈색 소녀 켈리치가 얼굴을 빼꼼 드러냈다.

"우리는 아까 다이브한 참인데, 미궁을 걷고 있으니 커다란 비명이 들려서 찾아왔어요."

“……누구 때문에 비명을 지른 건데.”

원래는 이 남자가 구조팀으로 선출됐을 테지만, 다크스는 다른 일이 있어서 카밀라가 대리로 선출된 사정이 있다.

알기 쉽게 말하자면.

이렇게 카밀라가 고생하는 것도 어떤 의미로 이 남자 탓이다.

“……뭐, 됐어. 솔직히 합류해서 안심했으니까.”

천천히 안도의 한숨을 내쉰다.

이 광대한 미궁에서 아군과 만난 것은 예상하지 못한 행운이다. 그렇게 생각했더니.

“카밀라. 물어볼 게 있다.”

“어머, 뭔데? 갑자기 새삼스럽게.”

의외의 말에 카밀라가 되물었다.

카밀라가 아는 한 지상 최강의 자존심과 자신감을 지닌 이 남자가 이런 이야기를 꺼내는 것은 드문 일이다.

“아, 알았다. 너도 미궁에서 미아가 됐구나? 불안할 때 나라는 강력한 동료를 발견해 안심된 거야. 그래서 함께…….”

“페이 못 봤나?”

“……응? 아니, 못 봤는데. 만났으면 이런 곳에서 헤매고 있겠어?”

“그렇군, 방해해서 미안하다.”

다크스가 몸을 돌렸다.

"가자, 켈리치. 나는 알 수 있어. 녀석과의 운명적인 교차점은 바로 앞이야."

"그렇게 다섯 시간 정도 돌아다녔는데요, 우리."

"……잠깐만?!"

산뜻하게 떠나가는 청년을 향해 소리쳤다.

"이럴 땐! 나를 찾아서 다행이라며 같이 가자고 해야지! 그보다 공략 좀 도와!"

"물론 그럴 생각이다. 나도 미귀환자의 구조엔 전력을 다하지. 하지만……."

다크스가 돌아보았다.

절대적인 확신에 찬 듯한 굳건한 표정으로.

"나와 페이는 게임의 운명에 이끌리는 호적수. 세계의 어디에 있어도 자연스레 만나게 될 테지. 하지만 나는 운명은 스스로 개척하는 것이라고 생각한다."

"……그렇다면?"

"운명에 이끌려 만나지 않더라도, 나는 스스로 녀석을 찾아낼 거다. 이것이 바로 나의 마음가짐! 가자, 켈리치! 영광스러운 승리 가도(빅토리 로드)를!"

"그러니까, 대체 어딜 가는 거야?! ……야! 공략 좀 도우라니까?!"

카밀라의 제지가 허무하게 무시당하고.

검은 코트를 나부끼는 게임의 귀공자는 미궁이라는 이름

의 빅토리 로드를 나아갔다.

2

처형장에서.

"……응?"

"페이 씨, 왜 그래요?"

"지금 들어본 적 있는 목소리가 내 이름을 부른 것 같은데, 기분 탓인가……."

이곳은 리스폰 지점.

처형장을 둘러봐도 이곳에 있는 것은 자신을 포함한 다섯 명뿐.

"아, 그러고 보니 우로보로스도 **그런 판정**이구나."

"……응?"

이름을 불린 은발 소녀가 알 수 없다는 표정으로 돌아보았다.

"뭐가 말이냐, 인간아."

"이 게임, 동료 한 명이라도 사망하면 팀 전원이 리스폰되잖아. 음…… 누가 실수해도 화내지 말라는 거지."

"흐음? 뭐, 그러지."

그렇게 답한 우로보로스는 묘하게 밝은 말투로.

"어쩔 수 없네. 나와 인간이가 동료……. 뭐, 어쩔 수 없지.

난 원래 어지간해서는 동료로 만들 수 없는 엄청나게 레어한 신이지만, 우리 인간이는 날 너무 좋아한다니까."

어째서인지 히죽이는 얼굴.

페이는 영문을 알 수 없었지만 아무래도 우로보로스의 기분이 좋아진 듯하다.

『어서 오세요.』

그때 나타난 미이프.

『아, 또 공략 하나가 늘었네요! 복도에 있던 고춧가루 버튼, 그것도 미궁에 설치된 훌륭한 함정 장치예요. 그걸 누른 것으로 여러분의 해방치가 6.5퍼센트에서 6.6퍼센트가 됐어요!』

"정말 아무래도 좋은 수치 맞죠?!"

『완전 공략을 향해 힘내주세요. 질문 있으신가요?』

"친절하군."

페이의 그 말의 진의는.

아마도 미이프조차 이해하지 못했을 것이 분명하다.

"우리가 전멸하면 항상 맞이해주고 격려해주며 질문까지 받아주다니."

『물론이죠! 주신께서 내리신 사명이니까요.』

"이미 죽었다는 게임 마스터 말이지?"

『네.』

"알았어. 지금은 질문 없어. 우선 두 번째(테이크 투) 도전을 다녀오지."

처형장 너머로.

복도에 몬스터의 기척이 없는 것을 확인한 뒤.

"지금 미궁의 외견이 바뀐 건 신경 쓰지 않아도 돼. 그것보다……."

꿈틀거리는 벽과 천장.

그것을 흘겨본 페이는 정면을 보았다.

"역시 미궁 모드에서 몬스터가 바뀐 게 성가실 것 같아."

벌써 세 마리의 적과 마주쳤다.

좀비 파후, 뿌이뿌이 정령, 천사 피자푸딩.

전부 지난번에는 만난 적 없는 적이다.

……성가신 건 몬스터가 전부 까다로워졌다는 거야.

……**몬스터끼리 이어져 있어.**

좀비 파후의 위액을 맞으면 천사 피자푸딩이 격노.

적끼리의 연결이 더욱 강해졌다.

"그 보물창고가 다음 목적지라 치고, 문을 열려면 열쇠가 필요해. 그리고 그곳엔 그 이름이 긴 천사가 있지."

"피자푸딩 말이죠?!"

"……본인이 괜찮다고 했으니 상관없겠지. 그 천사 피자푸딩, 보물창고에 도달하기 전에 어떤 함정에 걸리면 전멸시키는 이벤트 몬스터일 거야."

고춧가루 스프레이의 분사 버튼.

좀비 파우의 악취 위액도 그렇다.

더러울 뿐이고 무해하다고 생각했던 그 함정이 사실은 간접적으로 즉사 공격과 이어져 있다.

"그렇다면 좀비 파후의 위액을 피해야겠네요!"

펄이 거수.

그 모습을 확인하며.

"하나는 정답. 그럼 펄, 다른 건?"

"그 고춧가루 스프레이 분사 버튼도 무시해야죠. 장치로 여겨지는 건 전부 피하는 편이 좋을 것 같아요!"

"또 하나 정답. 하나 더."

"뿌이뿌이 정령인가!"

펄이 답하기 전에 넬이 눈을 번뜩였다.

"그 정령이 든 방울이 유독 시끄러웠지. 그게 동료를 부르는 신호라면, 우선 녀석에게 발견되지 않을 것!"

"그래. 그게 제일 중요할 거야."

딸랑…….

그렇게 말하자마자 통로 저편에서 다시 **그 소리**가 울렸다.

"이런?!"

"달려! 저기서 오른쪽으로!"

십자 교차로를 서둘러 오른쪽으로 돌아 몸을 숨겼다.

공략 방법이 변했다.

적을 쓰러뜨리는 것이 아니라 마주치지 않을 것. 지금까지는 힘으로 공략할 수 있었지만, 더 지혜를 짜내야 하는 게임으로 진화했다.

"……하아, 하아. 들키면 안 된다는 규칙은 너무 어렵지 않나요?!"

"뿌이뿌이 정령의 발소리가 사라진 모양이다."

십자 교차로의 모퉁이에 숨어 상황을 살핀 넬.

"역시 내가 앞장서는 게 좋겠군. 다들 한 발 떨어져서 따라와 줘."

넬이 그렇게 말하며 나아갔다.

한 발씩 신중하게.

지난번 실패를 교훈 삼아 최대한 몬스터에게 들키지 않도록 몸을 숨기며 진행했다.

"어, 어때요? 넬 씨. 몬스터가 있으면 바로 알려주셔야 해요!"

"……몬스터는 아니지만 수상한 소리가 난다."

귀를 기울이는 넬.

"폭포 소리군."

"폭포?! 왜 던전 안에서 폭포 소리가 나는 건가요?!"

물보라 소리는 십자 교차로의 왼쪽에서.

아까는 다급히 빠져나오느라 알아차리지 못했지만.

"페이 공, 어떡할 거지?"

"장치는 전부 확인해두자. 함정이라도 다시 시작할 수 있으니까."

실패를 두려워해서는 안 된다.

폭포 소리가 과연 함정일 것인가. 미이프가 말한 것처럼 설령 죽는다 해도 경험하는 것이 이 게임의 공략으로 이어진다.

쏴아아…….

복도를 나아갈수록 명확해지는 폭포 소리.

서서히 습기까지 느껴지게 됐다. 넬이 소리가 나는 쪽을 향해 방향을 꺾더니, 발을 멈추고 고개를 들었다.

"진짜 폭포다!"

웅장하게 울리는 물보라.

장관이라 할 수 있을 정도로 막대한 물이 천장의 구멍에서 떨어져 내렸다. 아래로 떨어진 폭포수는 그대로 고여 커다란 호수를 이루고 있었다.

마치 진짜 거대 폭포 같았다.

"자연스러운 폭포인데? 게다가 물도 투명해서 깨끗해 보이고……."

"페이! 저기!"

레셰가 물이 고인 곳을 가리켰다.

막대한 물보라 너머로 금색 상자와 같은 물건이 어렴풋이 보였다.

"……보물 상자인가?"

"혹시 보물창고의 열쇠가 들어있을지도 모르지. 내가 가져올까?"

"괜찮겠어?"

"응! 나도 슬슬 희귀한 장치를 만져보고 싶으니까."

레셰가 물보라로 뛰어들었다.

첨벙 소리를 내며 호수로 들어갔지만, 다행히 깊이는 레셰의 무릎 정도였다.

……의외인데.

……물에 사는 몬스터가 달려들 줄 알았는데.

레셰도 경계가 필요하다.

게임을 시작하고 난이도를 선택할 때『PMD(플레이어 머스트 다이)』를 선택해서 레셰의 강함은 일반적인 인간 수준까지 떨어졌다.

수생 몬스터를 충분히 경계해야…… 하지만, 딱히 무언가가 나타날 것 같지 않았다.

"혹시 겁만 주고 사실은 아무것도 없는 장치일까요?"

"……그런 모양이다. 물속에 숨겨진 보물 상자를 발견하면 공략 달성인가."

펄과 넬이 지켜보는 가운데, 레셰가 간단히 물이 떨어지는 곳에 도달.

떨어지는 물에 머리카락을 적시며 보물 상자를 들었다.

"손에 넣었어!"

"완벽해요, 레셰 씨! 이리로 가져오세요!"

펄이 손짓했다.

정말 중요한 아이템이 들었다는 듯이 반짝이는 황금 보물 상자였다. 레셰가 신중하게 옮겨와 모두가 보는 앞에서 바닥에 놓았다.

“보물창고의 열쇠가 제일 유력하겠네요!”

“아직 몰라. 굉장히 중요한 크래프트 아이템이거나 그 소재 아이템일 가능성도 있어.”

“기대돼요! 자, 레셰 씨, 열어주세요!”

레셰의 손이 상자의 뚜껑에 닿았다.

그대로 단번에 뚜껑을 열자 그곳에 모두의 시선이 집중됐고…….

동시에.

모두가 눈을 깜박였다.

“……저기, 이게 뭔가요? 천?”

펄이 조심스럽게 보물 상자를 들여다보았다.

안에 든 것은 보물창고의 열쇠가 아니다. 그렇다고 귀중한 크래프트 아이템이나 그 소재로도 보이지 않았다.

안에 든 것은 꽃무늬가 있거나 진한 파란색의 천조각이었다.

“……손수건일까요? 어라? 하지만 이상하게 입체적이네요.”

“……설마?!”

“레셰 씨, 뭔지 아시겠어요?!”

“그래! 확실해!”

레세가 보물 상자 안으로 손을 찔러넣었다.

그 천을 움켜쥐고서 들어 올리고는 모두의 앞에서 펼쳐 보였다.

두 개의 원형으로 이루어진 방수성 천을.

“수영복이야!”

“……네?”

“게다가 다섯 벌! 우리 모두의 것이 마련되어 있다니, 굉장히 유능한 게임 시스템이네. 이 특대 가슴 사이즈는 펄 전용이구나!”

“그럴 리가 없잖아요오오오오오오오!”

얼굴이 새빨개진 펄이 레셰에게서 받은 수영복을 힘차게 바닥으로 내던졌다.

“어째서 수영복이?!”

“여기서 물놀이를 해도 된다는 거겠지.”

“말도 안 돼요오오오오!”

펄이 거칠게 숨을 몰아쉬었다.

“미궁 안에 폭포라는 화려한 장치가 있는데! 물속에서 꽤 무서운 몬스터가 나오지 않을까 긴장했는데 아무것도 없고, 상자에 든 게 보물창고의 열쇠인가 했는데, 수영복이라니…… 여길 만든 신은 대체 플레이어를 얼마나 괴롭힐 생각인가요오오오오오?!”

“수영복은 발수성 소재지? 좀비 파후의 위액을 튕겨내는 효과가…….”

“그런 거 없어요, 레세 씨! 이걸 보세요, 이 아이템 설명을!”

아이템 이름「수영복」.

아이템 설명「크래프트 불가. 폭포에 들어갈 때 사용하지만, 딱히 입지 않아도 된다」.

너무나도 맥이 빠지는 결과다.

“돌아가요. 넬 씨, 여긴 그냥 꽝인 곳이에요.”

“……그런 모양이군. 그럼 마음을 가다듬고 다시 가볼까.”

이 길은 폭포로 막혔다.

왔던 길로 돌아와 이번엔 오른쪽 모퉁이 쪽으로 갔다.

……루트는 세 가지야. 정면과 좌우 둘.

……정면은 보물창고. 왼쪽이 폭포라면, 남은 건 오른쪽.

보물창고의 열쇠가 있다면 오른쪽.

그러나 무언가가 마음에 걸린다.

소거법으로 생각했을 때, 문의 열쇠가 여기에 있을까? 아니. **그런 소거법 따위로 정답에 도달할 정도로 이 미궁은 간단하지 않을 것이다.**

“음?! 멈춰!”

넬이 정지 신호를 보냈다.

그녀가 날카로운 눈빛으로 바라본 것은 벽에 규칙적으로 걸린 그림이었다. 평범한 그림이 아니다. 거기에 그려진 것은 **새빨간 사과.**

"……이건?!"

펄의 표정이 창백해졌다.

이 미궁에 온 사람이라면 누구나 본 적이 있을 것이다. 이 미궁의 사과는 평범한 과일이 아니다. 수많은 인간의 피가 스며든 살인 사과다.

그 사과의 그림이 복도에 줄줄이 걸려 있었다.

"알겠어요! 여러분, 저 그림에 다가가면 안 돼요!"

펄이 외쳤다.

몇십 장의 그림이 놓인 통로의 왼쪽에서 떨어져 창가 쪽으로 몸을 붙였다.

"이 그림에 가까이 가면 반드시 캔버스를 부수고 진짜 살인 사과가 날아들 거예요. 그냥 그림으로 그려진 사과가 아니에요!"

"오, 펄, 그건 좋은 생각이네! 있을 법한 함정이야!"

"그렇죠?! 레세 씨!"

펄이 자신만만하게 가슴을 폈다.

그리고 직접 캔버스가 줄줄이 걸린 복도를 향해 천천히 한 발자국씩, 신중한 발걸음으로 나아갔다.

"펄, 조심해. 네 말대로 저 사과가 언제 날아들지……."

"맡겨주세요, 넬 씨."

펄이 넬을 돌아보았다.

그 순간, 펄이 그림에서 눈을 뗀 순간, 캔버스를 찢고 새빨간 사과가 튀어나왔다.

펄의 무방비한 등을 향해 날아드는 사과.

"펄, 뒤를 조심해!"

"맡겨주세요, 페이 씨! 하압!"

펄이 몸을 던졌다.

몸을 굽혀 첫 번째 사과를 회피. 그 기세로 바닥을 빙글 한 바퀴 돌아 뒤이어 날아든 두 번째 사과도 피해냈다.

"……하아 ……하아! 역시 예상했던 대로예요!"

일어선 펄이 무척이나 감격한 표정으로 주먹을 들었다.

"방심하지 마. 아직 복도를 절반도 지나지 않았으니까."

"네, 페이 씨! 하지만…… 지켜봐 주세요. 이제는 이런 복도의 장치 정도는 간파했어요. 일류 게이머인 제게 같은 함정은 통하지 않아요!"

펄이 손을 흔들며 앞으로 걸었다.

아까와 같은 요령이었다. 복도의 왼쪽에는 사과 그림이 놓여 있으니 창문이 있는 오른쪽으로 몸을 붙여 나아갔다.

"이거라면! 언제 사과가 캔버스에서 튀어나와도 충분히 피할 수 있어요!"

쩍.

두 번째 강습. 살금살금 걷는 펄을 향해 캠퍼스를 찢고 사과가 날아들었다. 그러나 이번에도 예상했다.

"안 통해요!"

펄이 화려하게 도약.

창문 쪽으로 물러나는 것으로 사과를 회피. 이미 한 번 봤으니 여유가 있었다.

"훗…… 포기하세요, 살인 사과."

이제 펄은 바닥에 떨어진 사과를 내려다보려 하지도 않았다.

패배자에게는 관심 없다.

펄이 그런 압도적 승자의 눈빛으로 바라본 것은 줄줄이 걸린 그림이었다.

"공격패턴은 파악했어요. 따라서 이 이상의 다툼은 무의미. 고향으로 돌아가세요. 당신에게도 가족이 있을 테죠."

쩍.

뒤에서 뭔가가 갈라졌다.

그것은 펄이 밀착한 벽의 창문이 갈라지는 소리였고.

"위험해!"

"네?"

쨍그랑!

창문을 깨고 **밖에서 날아든** 살인 사과가 정확하게 펄의 뒤통수에 작렬했다.

"……크헉?!"

사과를 맞은 펄의 비명.

그대로 고꾸라져서……「리스폰인가?」 페이 일행이 그렇

게 결론짓기 전에 펄이 휘청이며 일어났다.

“아, 아파라…… 머리가 깨지는 줄 알았어요.”

“펄, 괜찮아?! 리스폰할 줄 알았는데.”

“아, 아니요. 아무래도 이 사과에도『명궁』모드의 영향이 있었나 봐요.”

펄이 뒤통수에 손을 가져갔다.

머리카락에 붙은 사과 파편을 집어 들었다.

“너무 익어서 상했어요. 파후가 좀비 파후가 된 것처럼, 이 살인 사과도 썩은 사과가 된 덕분에…… 살았어요.”

“펄, 아직 사과가 붙었어.”

부서진 사과 파편이 펄의 뒤통수에 붙어 있었다.

그걸 떼주며.

“사과가 날아드는 장치, 그림에 시선을 모으고 창문을 통해 기습하는 사과라. 진짜 기대에 어긋나는 법이 없네, 이 미궁은.”

“그런 기대는 하지 마시라고요!”

뒤통수를 매만지며 펄이 탄식했다.

창문에서 두 번째 사과가 날아들지는 않을지. 그림에서 튀어나오지는 않을지. 그렇게 신중하게 살피며.

“……휴. 적이지만 훌륭한 책략이었는데, 절 쓰러뜨리기엔 위력이 부족했던 모양이네요. 그 살인 사과도 상해버리면 별거 아니네요.”

마음을 다잡고 전진.
그때, 그런 펄의 머리 위로 천장이 빛으로 가득해졌다.
『아니, 길을 잃었습니까?』
내려오는 천사형 몬스터.
그 본 적 있는 모습에 페이 일행이 일제히 주춤했다.
"천사 피자푸딩?!"
말도 안 된다.
보물창고 앞에 있어야 할 이벤트 몬스터가 어째서 여기에?
『저는 이 미궁에서 가장 애정 많고 자비로우며 길 잃은 자를 구조하는 것으로 유명합니다. 길을 잃은 자가 있으면 어디든지 달려옵니다.』
생긋 웃는 천사.
『그리고 저는 행운의 사자. 당신들에게 도움이 되는 소원 하나를 이루어드리겠습니다. 자, 어떤 소원이든 말씀해 보세요.』
술렁.
천사의 말에 모두가 경계했다. 아까 이 말을 들은 뒤 전멸했던 탓이다.
"저, 저기…… 피자푸딩 씨."
펄이 조심스럽게 천사를 올려다보았다.
"정말인가요? 아까도 그런 말을 듣고서 전멸했는데요…… 정말로, 이번에야말로 소원을 이루어주실 건가요?"

『물론입니다.』

"그, 그럼 보물창고의 열쇠가 어디에 있는지 알려주세요!"

『하하하. 정말 쉬운 소원이군요. 그럼 바로…….』

천사가 지팡이를 들었다.

그러나. 천사는 거기서 움직임을 멈췄다. 이쪽을 가만히 내려다본 채로 점점 얼굴이 험악해졌다.

『……**정말이지, 불결한.**』

기시감.

아까도 이것과 같은 광경을 본 적 있다.

"아, 좋지 않은 예감이 드네."

"그런?! 하, 하지만 저희는 뿌이뿌이 정령에게 들키지 않도록 도망쳤잖아요. 좀비 파후의 위액도 맞지 않았고!"

『거기 당신!』

천사가 가리킨 것은 금발 소녀였다.

"저요?! 제 어디가 불결하다는 거예요?!"

『뒷머리를 보십시오.』

"어? ……아, 아앗?!"

펄의 얼굴이 창백해졌다.

지금 그녀의 뒤통수는 **썩은 사과의 과즙투성이다.**

살인 사과로부터 살아남았다…… 그렇게 안도한 것도 잠시, 좀비 파후의 위액과 마찬가지로 이 **썩은 액체**도 천사의 숙청 대상이었던 것이다.

“자, 잠깐만요, 피자푸딩 씨! 이건 아니에요!”
『아름다운 영혼으로 다시 태어나세요!』
지팡이에서 빛이 뿜어져 나오고.

천사의 『정화의 빛(퓨리파이)』.
후두부가 불결한 펄은 소멸했다. (※게임 속 안내문)

시야가 암전.
그리고 리스폰. 정신이 들었을 땐 페이 일행 다섯 명 모두 처형장으로 돌아와 있었다.
『어서 오세요.』
“…….”
“…….”
“누가 불결하다는 건가요오오오오?! 그 천사아아!”
펄이 발을 동동 굴렀다.
“제 샴푸는 살구액 배합물을 특수 주문한 고급품이라고요! 제 머리는 항상 좋은 향이 나는데에에!”
“……그 천사, 출현 조건이라도 있는 걸까?”
혼잣말처럼 중얼거린 넬이 미간을 찌푸렸다.
“지난번엔 보물창고, 이번엔 복도. 혹시 **처음 등장했던 것이 우연히 보물창고였을 뿐** 미궁 어디서든 나타나는 몬스터인가?”

"그런 게 아닐 수도 있어. 일정 시간이 지나면 만나는 타입일 지도 몰라. 아니면 보물창고 앞과 그 복도를 오가는 패턴일 수도. 공략할 맛이 나네."

그렇게 답한 레셰가 앞장서서 걸었다.

그러는가 싶더니 갑자기 무엇인가 떠오른 듯이 팔짱을 끼고는.

"……그것도 아니면 펄의 뒷머리가 어지간히 지저분해서 화난 걸지도?"

"깨끗하다니까요?! 어째서 진지하게 그 가능성을 검토하는 건가요?"

세 번째(테이크 스리) 도전.

자신들이 할 일은 살인 사과가 날아드는 그림 공간을 **무사히** 지나가는 것.

"펄, 내가 앞장설까?"

"아니요, 넬 씨. 여기서 도망치면 전 평생 패배자예요. 한 번 더 제게 맡겨주세요!"

펄이 이를 악물며 고개를 저었다.

이번에도 갈 곳은 사과 그림이 놓인 복도. 뿌이뿌이 정령의 출현 장소는 조심스럽게 우회한다. 여기까지는 순조로웠다.

"그림에 주의를 끌게 하면서 진짜는 창문 밖에서 날아드는 사과였죠."

"펄, 다리가 떨리는데?"

"그, 그러니까 신중하게 갈 거라니까요?! 제 기억이 정확하다면 캔버스를 뚫고 사과가 날아든 건 여덟 번째하고 열한 번째 그림! 그리고 창문에서 날아드는 사과는 앞쪽에서 네 번째 창문이었어요!"

"오. 펄, 굉장하네. 제대로 기억하고 있었군."

앞장서겠다고 주장할만하다.

다만 사과가 날아드는 곳이 첫 번째와 똑같다고는 할 수 없다.

"펄, 방심하지 마."

"네. 사과가 랜덤 배치일 가능성 말이죠? 나오는 곳이 아까와 다른 것도 이미 각오해뒀어요!"

한 발 걷고는 좌우를 확인.

사과가 언제 날아올지 최대한 경계하며 복도를 나아갔다.

그렇게 가기를 열몇 걸음. 그림 50장이 걸린 긴 복도를 드디어 펄이 끝까지 건넜다.

"해냈다! 해냈어요! 자, 보물창고의 열쇠는 어디에! ……어라?"

보물창고의 열쇠가 없었다.

그림의 복도 끝에는 모퉁이가 있었고, 그 모퉁이를 꺾어 나아간 곳에는 전에 봤던 아름다운 은색 문이 가로막고 있었다.

보물창고.

열쇠를 손에 넣지 못한 채 다시 여기로 오고 말았다.

“어째서?! 그렇게 고생해서 그림 복도를 빠져나왔는데 보물창고의 열쇠도 찾지 못하고 보물창고에 도착하다니……?!”

그때.

또다시 천장에서 빛이 뿜어졌다.

『아니, 길을 잃었습니까?』

“천사 피자푸딩?! ……아니, 잠깐, 이거라면!”

빛으로 된 고리에서 내려오는 천사형 몬스터.

그 강림에 순간 멈칫한 넬은 다시 평정심을 되찾았다.

“우리는 그 부패액을 맞지 않았다. 그러니…… 천사 피자푸딩, 넌 행운의 사자라고 했지? 소원을 하나 이루어준다고.”

『그렇습니다. 다만, 청결한 사람의 소원만 이루어드립니다.』

천사가 생긋 웃었다.

『보아하니 당신들은 누구 하나 더러워지지 않았군요. 평소 청결을 유지한 태도를 평가해 어떤 소원이든 이루어드리겠습니다.』

드디어!

천사의 말에 페이 일행은 주먹을 불끈 쥐었다. 좀비 파후로부터 숨고 그 사과 그림 복도를 무사히 지나쳐온 보람이 있었다.

"부탁하지! 이 보물창고의 열쇠를…… 아니, 보물창고의 문을 열어다오!"

『좋습니다!』

천사가 지팡이를 들었다.

그러나.

『…….』

이상하다.

지금까지 웃고 있던 천사가 지팡이를 든 채 움직임을 멈췄다. 그뿐만이 아니라 얼굴이 점점 험악해졌다.

"왜, 왜 그러지? 천사 피자푸딩. 보다시피 우리는 깨끗하다. 봐라. 우리의 옷은 어디에도 얼룩이 묻지 않았어!"

『……이 냄새.』

"어?"

『확실히 옷과 피부에는 얼룩이 없습니다. 하지만 이 썩은 냄새…… 당신들, 전생에 좀비 파후의 위액을 뒤집어썼군요! 썩은 사과도!』

"뭐?!"

"잠깐, 그거 설마 지난번 전멸 말이야?!"

이건 완전히 새로운 패턴이다.

리스폰으로 처음부터 다시 시작. 그러나 인간 측이 그때까지의 경험을 가져오는 것과 마찬가지로 **경험을 가져오는 몬스터**가 나타날 줄이야.

『지독하군! 지독합니다! 당신들은 첫 번째에 좀비 파후의 위액을 잔뜩 뒤집어쓰고, 두 번째는 썩은 사과의 과즙을 잔뜩 뒤집어썼군요! 설령 리스폰한다 해도 당신들의 몸에 들러붙은 냄새는 사라지지 않습니다!』

"말도 안 돼!"

『몸을 깨끗이 하고 다시 오세요!』

천사의 『정화의 빛(퓨리파이)』.

부정한 자 둘은 소멸했다. (※게임 속 안내문)

시야가 암전.

정신이 들었을 때, 페이 일행 다섯 명은 처형장으로 돌아와 있었다.

『어서 오세요.』

"……."

"……."

아무도 입을 열지 않았다.

어떤 사람은 얼굴을 찡그리고, 어떤 사람은 천장을 바라보며 생각에 잠겼으며, 어떤 사람은 팔짱을 꼈다.

지금까지의 리스폰과는 다르다.

지금 상황은 **어떤 의미로 앞뒤가 막혔다.**

"……그렇군. 이번엔 생각 좀 해야겠어."

솔직히 이번엔 페이도 괜찮을 거라고 생각했다.

좀비 파후에게서 도망치고 그림 복도의 사과도 전부 피했다. 공략은 완벽했다. 그러나 설마 리스폰해서도 천사에게서 지저분하다는 평가가 나올 줄이야.

……한 번이라도 실수하면 클리어 불가능?

……그렇다면 완벽한 초보자 무시인데. 게임 마스터인 신이 우리가 공략하게 둘 생각이 없는 건가?

그렇게 생각하고 싶지는 않다.

그러나 이 미궁에는 공략 불가 버그가 있는 이상「여기서 막힌다」는 장치가 있어도 부정할 수 없다.

이 상황은 진행이 막힌 걸까? 아니면 어떤 공략법이 있을까?

"어? 이거 제법 어려울지도 모르겠네?"

레셰가 팔짱을 꼈다.

역시 페이와 같은 생각에 도달했을 것이다.

"보물창고가 다음 목적지라면 ①『보물창고의 열쇠를 찾아라』이거나, ②『천사에게 부탁해 문을 열어라』의 두 가지겠지. 하지만 ①은 열쇠가 안 보이고, ②는 좀비 파후의 위액을 맞았으니 안 돼. ……그렇다면 어디서 열쇠를 놓친 걸까? 어떻게 생각해? 페이."

"나도 같은 생각 중이야."

아직 결론이 나오지 않는다.

시도할 일은 산더미 같다. 특히 다음 세 가지 가능성이.

검토 1 : 어디선가 보물창고의 열쇠를 놓쳤을 가능성.
검토 2 : 보물창고의 열쇠가 몬스터 격파의 전리품일 가능성.
(뿌이뿌이 정령, 좀비 파후, 천사 피자푸딩 중 어떤 것)
검토 3 : 애초에 열쇠가 존재하지 않고, 크래프트로 만들어야 할 가능성.

"참고로 우로보로스는? 뭔가 신경 쓰이는 점 있었어?"
"나 말이야?"
은발 소녀가 돌아보았다.
순간 무언가 생각에 잠긴 행동을 하는가 싶더니 의미심장한 미소를 떠올리고는.
"후후. 그 문이 열리지 않아 곤란한 모양이네."
"짐작되는 게 있어?!"
"없다!"
"헷갈리게 굴긴!"
"하지만 나는 신이니까 그 문의 장치를 보려고 하면 볼 수 있어. 하지만 그러면 재미없지. 진지하게 생각하려 했지만 자꾸 그럴 수도 있겠구나 생각하면 집중이 잘 안된다."
"……아, 컨닝할 수 있구나."

시험으로 비유하자면.

페이 일행은 열심히 시험공부를 하지만, 우로보로스는 마음껏 커닝할 수 있다.

착실하게 공부할 생각은 있지만 여차하면 커닝할 수 있다는 마음의 여유 탓에 진지해질 수 없는 것이다.

"그러니 인간이한테 맡기마."

"알았어. 그럼 우로보로스도 이렇게 말하니 네 번째(테이크 포) 도전를 시작해볼까."

손뼉을 쳤다.

"보물창고를 열 수 있는 방법을 찾아보자. 넬과 펄도 괜찮지?"

"……."

"……."

답이 없었다.

페이가 말을 건 소녀들은 각자 무언가 중얼거리며 천장과 바닥을 보고 있었다.

"응? 내가 무슨 이상한 말이라도 했어?"

"……지워지지 않는……냄새……. 하지만 다시 오라니, 그거 혹시……."

특히 펄이 심했다.

천사에게서 냄새난다는 말을 들은 뒷머리에 손을 얹은 채 미동도 하지 않았다.

"펄?"

"……앗! 알아냈어요오오오오오오오오오!"

갑작스러웠다.

이 게임을 시작한 이후 최대의 목소리로, 펄이 하늘을 향해 외쳤다.

"풀었어요! 페이 씨, 제가 보물창고를 여는 방법을 알아냈어요!"

"……그렇구나."

"뭐예요, 그 또 이상한 말을 시작했네, 같은 말투는."

"……아니, 아직 선택지를 좁히려 해도 좁힐 수 없는 상황이니까."

지금은 가능성을 열거하는 단계다.

그것을 모조리 시행하는 것이 가장 좋은 방법. 아직 정답을 알아낼 리가 없다. 힌트가 없었을 테니까.

"힌트는 있었어요."

찰랑.

펄이 장난스러운 미소를 떠올리며 뒷머리를 손으로 찰랑였다.

"페이 씨, 머리카락은 여자의 생명이에요."

"……응?"

페이는 무슨 말인지 전혀 알 수 없었다. 하지만.

"아아!"

이번엔 넬이 소리쳤다.

"알았다! 그렇군, 아까부터 뭔가 걸렸어. 그 말로 완벽히 이해했다. 그래, 그랬던 거구나, 펄! 머리카락은 여자의 생명이야!"

"네, 확실해요!"

펄과 넬이 의기투합.

이에 멍하니 얼굴을 마주 볼 수밖에 없었던 나머지 페이 일행.

지금까지 처음 있는 공략 풍경이다. 페이와 레셰, 그리고 우로보로스조차 풀지 못한 수수께끼를 펄과 넬이 풀었다고 한다.

"페이 공, 여기는 나와 펄에게 맡겨다오."

넬이 밝게 말했다.

"페이 공이 모르는 것도 무리가 아니지. 우리와 다르게 평소 의식할 기회가 적으니까. 그리고 레셰 공과 무패 공도 인간 세계에 내려온 지 얼마 안됐으니까."

"그래요, 저와 넬 씨의 특기 분야예요."

펄이 처형장 너머를 가리켰다.

그렇게 시작된 네 번째(테이크 포) 도전.

이미 세 번 전멸했음에도, 그 눈동자에는 밝은 힘이 깃들어 있었다.

"그렇게 됐으니 인원을 둘로 나눠요. 다른 분들은 보물창고 앞에서 기다려주세요. 저와 넬 씨는 **준비**를 마치고 갈게요."

"준비? 그럼 나도 갈게. 도와줄 일이 있으면……."

"아, 안 돼요, 안 돼!"

"……응?"

"절대로 오면 안 돼요. 아시겠죠? 이쪽은 저와 넬 씨뿐이에요. ……오시면 책임져주셔야 해요!"

책임?

대체 무슨 책임을 말하는 것일까.

"잘 모르겠지만…… 하지만 조심해. 뿌이뿌이 정령과 좀비 파후에게 들키지 마."

"걱정할 것 없다!"

"우리는 **들켜도 괜찮으니까요.**"

"……어?"

돌이켜보면 게임 중에 이렇게나 황당한 얼굴을 한 것은 처음일지도 모른다.

옆에 있던 레셰도 비슷한 표정이었지만, 그런 일행에게 등을 돌린 펄과 넬이 부리나케 복도로 나아갔다.

"둘 다 자신 있나 보네. 뭐지? 내가 뭔가 놓친 게 있나?"

"이 미궁의 장점이 아닐까?"

레셰가 미소 지었다.

"나와 페이만으로 공략할 수 있는 난이도는 원치 않아.

그 두 사람이 맡겨달라고 하는 게임이라면 분명 좋은 게임이겠지."

"……공략에 시간이 걸릴 것 같지만."

쓴웃음을 지으며 끄덕였다.

레셰의 말이 옳다. 『신들의 놀이』는 원래 **이래야 한다.**

페이와 레셰와 넬과 펄…… 모든 팀원의 지혜를 짜내야만 승리가 보인다. 분명 그것이야말로 좋은 놀이일 테니까.

한 시간 후.

보물창고 앞 십자 교차로. 적에게 들키지 않도록 조심히 몸을 숨긴 페이 일행은 펄, 넬과 합류했다.

"오래 기다리셨죠?"

"늦어져서 면목 없다. 준비가…… 정성을 들였더니 시간이 걸리고 말았다."

그렇게 말한 두 사람은 아까와 완전히 똑같았다.

외견도, 그리고 아이템도 새로운 무언가를 크래프트한 것 같지도 않았다.

"벌써 준비 끝났어?"

"네! 대응책을 마련했어요!"

펄이 당당하게 성큼성큼 걸었다.

그리고 장엄한 보물창고 앞에서 멈춰서는 크게 숨을 들이마시고서 선언했다.

"어서 나오세요, 천사 피자푸딩!"

『응? 저를 부르는 사람이 있군요.』

빛의 고리에서 천사가 강림.

자, 어떻게 될까. 페이 일행은 세 번이나 전멸했다. 펄과 넬의 대응책이라는 것이 정말로 유효할 것인가.

잠시 정숙이 흐르고.

『무척 깨끗하군요.』

천사가 생긋 미소 지었다.

『앞으로도 그 마음을 잊지 않도록. 자, 가세요.』

천사가 지팡이를 들었다.

끼익…….

장엄한 보물창고의 문이 천천히 열리는 것이 아닌가.

"해냈다! 해냈어요, 페이 씨!"

"……오. 정말 해냈네."

열린 문 너머에는 눈부신 빛으로 가득했다.

금은보화일까? 눈을 뜨기 힘들 정도의 빛을 받으며 페이는 두 소녀를 보았다.

"슬슬 알려줘. 저 천사의 대응책으로 뭘 준비한 거야?"

"냄새예요."

"얼룩도."

저마다 답한 펄과 넬.

천장으로 사라지는 천사를 바라보며.

"보다시피 저 천사는 더러운 걸 싫어했어요. 넬 씨는 좀비 파후의 위액을 맞았고, 저는 썩은 사과의 과즙이 묻었어요. 하지만 그 냄새는 리스폰해도 사라지지 않았던 거예요."

"그래. 그러니 다른 수단을 찾으려 했던 건데."

"안 돼요!"

손가락을 척 들이밀고서.

최고의 장난을 떠올린 어린아이와 같은 미소를 짓는 펄.

"페이 씨의 마음은 이해해요. 하지만 저희는 여자예요. 한창때인 여자로서 굽힐 수 없는 게 있어요."

"응?"

"냄새를 지적당하고 가만히 있을 것 같아요?"

"무슨……."

아직 이해하지 못했다.

펄은 무슨 말을 하는 걸까.

"아시다시피 저는 긴장을 많이 해서…… 땀을 좀 많이 흘려서 그걸 억제하는 화장품이나 향수에 신경 써요. 머리카락에 쓰는 트리트먼트도 향이 좋은 걸 고르고요. 하지만 결국 싫은 냄새가 날 때 제일 효과적인 방법은……."

"목욕이다."

뒤이은 넬의 한 마디.

그 말에 페이와 레셰는 준비라는 것이 무엇인지 깨달았다.

"물놀이구나!"

"그 폭포 말이네!"

십자 교차로의 막다른 곳에 있던 의미불명의 폭포.

그곳엔 수영복이 든 보물 상자가 있었다.

"나와 펄은 정성스레 냄새를 씻어낸 거지. 예로부터 물은 몸의 부정을 씻어내는 행위로 알려져 있고, 그 수영복도 도움이 됐다. 참고로 내 수영복은 딱 맞았지만……."

넬이 펄을 힐끔 바라보았다.

"펄은 육체의 **어떤 부위**가 너무 커서 신이 마련한 수영복조차 작다며 아무것도 입지 않고 씻었는데, 그런 펄의 박력이 정말이지……."

"넬 씨?!"

"굉장했구나!"

"궁금해!"

그 말에 달려든 두 사람.

레셰와 우로보로스가 기다렸다는 듯이 달려들었다.

"어, 어쨌든!"

펄이 헛기침했다.

"어때요, 페이 씨. 조금은 도움이 됐나요?"

"……."

"페이 씨?"

"물론이지."

대답에 망설인 것이 아니다.

지금의 솔직한 마음을 어떻게 전해야 좋을지, 속에서 최고의 말을 찾느라 시간이 필요했을 뿐이다.

"펄과 넬 덕분이야. 둘 다 아주 든든해. 앞으로도 잘 부탁할게."

"으~~!"

"으~~!"

두 소녀가 기쁜 얼굴로 폴짝 뛰었다.

"해냈어요!"

"해냈다!"

두 손을 내밀어 하이파이브.

그대로 보물창고 쪽으로 달려간 두 사람은 천사가 연 문으로 들어간 뒤 크게 기뻐했다.

"와! 보물이 정말 많아요!"

"……정말 훌륭한 방이군."

우선 눈에 들어온 것은 황금으로 된 벽이다.

그 벽에 설치된 촛대는 수정, 바닥에는 금화가 산더미처럼 쌓여있었다. 게다가 귀금속으로 만든 검과 방패가 금화 더미에 묻혀 있었다.

"어머. 이게 제일 큰 보물일까?"

순은으로 만든 짐승상을 올려다보는 레셰.

높이 3미터 정도의 날개가 달린 사자상이 방의 중앙에 놓여있었다.

"이걸 가지고 돌아가면 엄청 부자가 될 거예요!"

눈을 반짝이는 펄.

"페이 씨, 가지고 가요!"

"이렇게 큰 걸 어떻게 가져가. 아…… 그러고 보니 이 금화는 주머니에 넣으면 인간 세계로 가져갈 수 있을까?"

발밑의 금화를 집었다.

앞면은 소녀의 얼굴, 뒷면은…… 묘일까. 기묘한 그림 조합의 금화를 손끝으로 집고서 주머니에 넣어보았다.

그때.

"음. 중요 아이템으로 보이는 게 있군."

넬이 왕관을 주웠다.

백은을 바탕으로 중앙에 타오르는 것처럼 아름다운 붉은 루비가 달려 있었다. 그 루비가 정말 크게 빛났다.

"이걸 봐, 페이 공. 이 루비를!"

"……흠. 다이아몬드가 빛난다는 건 알지만, 루비도 이렇게 강하게 빛나는구나. 현실 세계에선 쉽게 볼 수 없으니까."

"잠깐!"

그런 페이와 넬의 대화에 우로보로스가 힘차게 끼어들었다.

"인간아, 그런 루비보다 내가 더 굉장하지!"

"응?"

"내 눈 말이야! 내가 건네준 거!"

신의 보관『우로보로스의 눈동자』.

여기엔 가져오지 않았지만 우로보로스의『금지 단어 게임』에서 루비 눈을 파괴하는 것이 승리 조건이었다.

페이가 받은『우로보로스의 눈동자』는 그 싸움에서 부순 눈의 파편이었다.

"아…… 물론 그것도 예쁘지만."

"떠올려봐라, 인간아! 이런 왕관의 작은 루비는 내 눈에 비하면 아무것도 아니지. 우선 이 빚부터……."

쿵!

왕관을 가리킨 우로보로스의 뒤에서, 순은으로 만든 사자상이 갑자기 일어섰다.

살아있다.

"아, 뭐죠오오오오?!"

"설마 이 녀석이 두 번째 레이드 보스?!"

『나는 성역의 파수꾼 스핑크스. 잘 왔다, 현명한 자들이여.』

스핑크스의 눈이 빛났다.

보물창고에 들어온 페이 일행을 유쾌한 듯이 둘러보았다.

『호오? 잠자는 사자 녀석을 쓰러뜨렸나? 하지만 나는 녀석과 다르다. 누가 뭐래도 나는…… 보아라! 일어서서 이족보행이 가능하다!』

"아무래도 좋은데요?!"

뒷다리로만 일어선 스핑크스.

드디어 두 번째 레이드 보스.

모두가 경계했지만 단 한 명, 그 등장에 눈길도 주지 않은 은발의 소녀가 있었다.

"내 눈의 빛이 더 굉장해!"

우로보로스였다.

이 신은 자신의 눈이 얼마나 굉장한지 설명하느라 바빴다.

"빛나기만 하는 게 아니지, 인간아! 인간 세계의 루비는 결국 다이아몬드보다 약해. 하지만 내 눈의 경도는 다이아몬드의 일억 배! 단단함부터 이런 별 볼 일 없는 루비와 비교할 수가 없지!"

"……너, 그렇게 단단한 눈을 파괴 조건으로 건 거였어?"

"게다가 내 눈은 빔을 쏠 수 있어!"

번뜩.

스핑크스의 핏발이 선 눈이 은발 소녀를 내려다보았다.

『거기 너. 이 위대한 스핑크스가 훌륭한 능력을 선보이고 있는데 보지도 않다니, 어떻게 된 거지.』

"인간아, 빔을 쏘는 보석이 존재해?"

"그런 게 있으면 보석이라 부르지 않겠지."

"그래! 그러니 내 눈이 제일 굉장……."

『용서할 수 없다!』

짐승의 포효가 보물창고를 뒤흔들었다.

바닥에 쌓였던 몇천 장이나 되는 금화가 그 충격에 떠올랐고 수정 촛대가 차례차례 넘어졌다.

『네놈들 따위는 짓밟아주마. 일단 내가 전투 모드로 들어가면 모든 어라이즈 무효, 모든 아이템 무효이다. 이 일격으로 네놈들은…….』

"시끄러워."

등을 돌리고 있던 우로보로스가 자신에게 날아드는 뒷다리에 가볍게 주먹을 날렸다.

스핑크스에게 9경 6198조 308억 7991만 199 대미지.

스핑크스를 격파했다.

『크오오오오오?!』

벽으로 날아간 거대한 짐승.

"정말, 내가 말하던 도중이잖아, 고양아."

어쩔 수 없다는 듯이 우로보로스가 돌아보았다.

그때는 이미 레이드 보스 『스핑크스』는 다시 움직이지 않는 조각상으로 변해 있었다.

"……얼래? 내가 또 저질러버렸나?"

반성의 기미, 없음.

그런 우로보로스가 귀엽게 살짝 고개를 갸웃하고 있을 때, 은색으로 빛나는 작은 열쇠가 공중에 나타났다. 이것이 레이드 보스 격파 아이템일 것이다.

—아이템『보물창고의 마스터키』.

—소지 아이템 수가 2에서 100으로 상승. 또한 전멸해도 아이템을 잃어버리지 않는다.

"진짜 강한데?!"

이 게임에서 소지 아이템은 한 명당 두 개까지.

크래프트 소재 아이템 둘을 운반하는 것이 고작이었지만 앞으로는 그 상한이 단번에 개방된다.

……지금껏 봤던 것 이상으로 강력한 아이템을 많이 만들 수 있고, 많이 가질 수 있어.

……이걸로 공략 자유도가 크게 넓어졌어.

불쌍한 스핑크스.

이렇게나 강력한 아이템을 주는 강적이니 원래는 잠자는 사자 이상으로 고전했을 것이 분명하다. 그러나 안타깝게도 상대가 너무 나빴다.

"……정말로 쓰러뜨린 건가."

"……전 요즘 게임에 애를 먹은 적이 너무 많아서 이렇게 쉽게 공략하면 오히려 함정이 아닐까 의심하는 성격이 됐어요."

"무슨 말이냐, 엉덩아, 가슴아!"

우로보로스가 두 사람의 소매를 붙들고 재촉.

"빨리 공략하지 않으면 곤란하지. 내 게임이 기다리고 있는데!"

"……그건 알고 있지만."

"……스핑크스 씨, 정말로 굉장한 강적이었겠죠?"

"내 이야기를 방해하는 게 잘못이지!"

우로보로스가 가볍게 걸었다. 어지간히 발걸음이 가벼웠는지, 바닥을 찬 힘으로 보물창고의 천장 부근까지 날아올랐고.

"응?"

"어?"

이상하다.

제일 먼저 알아차린 것은 천장에 떠오른 우로보로스 본인. 뒤이어 그 움직임을 따라 천장을 올려다본 레셰였다.

우로보로스가 천장에서 내려오지 않는다.

천장에 머리가 아슬아슬하게 닿지 않을 높이에서 공중부유. 한 마디로 점프해서 최고점에 도달한 순간, 멈춰버린 상태였다.

"저기, 무패 씨? 뭐 하세요?"

"무패 공?"

"……흐응."

은발의 소녀가 웃었다.

지금까지의 천진난만한 모습에서 돌변해 건드려선 안 되는 신의 역린을 건드린 듯한.

그런 끝을 알 수 없는 박력이 담긴 미소로.

"그렇군. 내가 무서운 건가? 뭐, 나는 무패니까. 하지만 내게 간섭한 걸로 **너희도** 보였다. 거신상의 사정도 이해했고. 그렇게 됐으니, 인간아."

우로보로스가 이쪽을 내려다보며.

"인간이의 추측이 맞아. **이 미궁은 공략할 수 있어.**"

"……뭐?!"

"그렇지 않으면 나를 이렇게 배제하려고 할 리가 없으니까."

배제?

대체 어떻게 된 걸까. 분명 신인 우로보로스에게 무슨 일이 벌어졌다. 페이가 눈으로 확인할 수 있는 것은 그 정도에 불과하다.

"먼저 인간 세계로 돌아갈게. 빨리 클리어하고 돌아와."

은발의 소녀가 윙크하고.

그 온몸이 일곱 빛깔 거품에 휩싸이더니……「팡」 소리를 남기고 터졌다.

거품과 함께 우로보로스가.

그렇게 사라졌다.
"……어? ……그게…… 저, 저기…… 그러니까……."
"……무슨 일이…… 일어난 거지? 무패 공이……?"
말이 나오지 않는 펄.
너무나도 갑작스러운 현상을 본 탓에 넬조차 멍해진 듯했다. 얼마나 당황스러운지는 충분히 알 수 있었다. 페이도 같은 심정이었으니까.
우로보로스가 사라졌다? 사라지게 됐다?
인간 세계로 돌아갔다? 돌아가게 됐다?
"레셰, 지금은?!"
"아마 게임 밖으로 날아간 거겠지."
즉답이긴 했지만 그렇게 답한 레셰의 말투는 가볍지 않았다.
"하지만 그런 게 가능할까? 신에게 간섭할 수 있는 건 신뿐. 다시 말해 이 미궁을 만든 창조주라는 건데…… 이곳의 신은 이미 죽었다고 했지?"
이미 소멸한 신이 우로보로스를 미궁 밖으로 배제했다?
그런 일이 가능할까?
"한 가지 더 신경 쓰이는 말을 했지? 거신상의 사정을 알았다고. 전 세계의 사도가 하나의 게임에 모였어. 그 이유를 알아냈다면 꼭 물어봐야 하겠는데?"
"그렇지! 페이 공, 우리도 한 번 돌아가는 건 어떤가?"

넬이 손뼉을 쳤다.

"무패 공이 인간 세계에 돌아갔다면 우리도 처형장의 세이브 포인트에서 돌아가면 합류할 수 있다. 그리고 무패 공에게 이야기를 들으면 된다."

"그것도 괜찮을지도 몰라. 다만……."

한 가지 걸리는 점이 있다.

빨리 클리어하고 돌아와…… 반대로 말하자면 「클리어할 때까지 돌아오지 말라」고도 해석된다.

"그 상태를 보면 우로보로스 자신은 무사하겠지만 이야기를 듣는 것도 확실히…… 응?"

『돌아가다니, 너무 아깝잖아요!』

문이 덜컹 열렸다.

처형장에 있던 미이프가 이 보물창고까지 온 모양이다.

『성역의 파수꾼 스핑크스를 격파하신 것, 축하드려요. 상당한 강적이었을 텐데 설마 한 번에 클리어하다니! 대단하세요!』

"쓰러뜨린 건 우리가 아니지만."

그 사람은, 아니 신은 게임에서 나갔지만 미이프는 신경 쓰지 않는 듯했다.

『미궁의 답파율도 9퍼센트, 굉장해요!』

"그게 정말로 굉장한 숫자야?"

『드디어 라스트 보스가 등장합니다.』

“겨우 9퍼센트로?! ……아, 그렇군. 미궁을 구석구석 탐험하지 않아도 최단 루트로 오면 그 정도인가.”

『여러분, 그럼 나아가주세요.』

스핑크스가 지키던 문은 이미 열려 있다.

완벽한 어둠, 미이프가 가리킨 곳은 확실히 지금까지와는 분위기가 달랐다. 빛이 전혀 없었다. 완벽한 **검정**으로 뒤덮여 있었다.

『손님 네 분 들어가십니다~.』

조심스럽게 완벽한 어둠 속으로 발을 디뎠다.

그 순간, 딸깍 소리와 함께 바닥이 사라졌다.

“함정이야?!”

“자, 잠깐, 이런 말은 없었잖아요?!”

떨어진다.

네 사람 모두 미궁의 아득한 바닥으로, 그대로 계속 가속하며 떨어졌고…… 이윽고 낙하 방향에서 어렴풋한 빛이 보였다.

땅속에 빛?

“라스트 보스가 기다린다는 건 이 앞이 미궁의 제일 안쪽인가!”

“하, 하지만 이 속도로 떨어지면 우린 죽을 거라고요오오오오오오!”

“걱정도 팔자네, 펄.”

여유로운 표정으로 레셰가 손가락을 튕겼다.

둥실.

눈에 보이지 않는 공기층이 받아주어 낙하 속도가 둔화. 고도를 낮추듯 천천히 떨어졌다.

우로보로스와의 게임에서도 보았던 레셰의 염동력(사이코키네시스). 그렇게 생각했더니.

"아……."

레셰가 혀를 살짝 내밀고는.

"깜박했다. 지금의 나는『PMD』모드라서 힘을 쓸 수 없었지."

"네? 시, 싫어어어어어어어어어!"

다시 급가속.

안심했던 페이 일행은 다시 맹렬한 속도로 떨어졌다.

그리고 충격.

착지라고 하기엔 너무나도 거친 추락방식으로, 페이 일행은 미궁의 가장 깊은 곳에 도달했다.

"도착했네!"

의기양양하게 말한 사람은 레셰뿐.

그 뒤에서 남은 세 사람은 안도의 숨을 내쉬었다. 조금만 더 빠르게 낙하했더라면 분명 전멸 판정이 내려졌을 것이다.

"……허리하고 등이 아프지만."

“……저도 엉덩이를 찧었어요.”
“……나도 무릎에 충격이 있지만 어떻게 무사하다.”
고개를 들었다.
그곳은 고요하고 큰 방이었다.

초거대한 원형 투기장.

벽도 바닥도 천장도 대리석 같은 거품 문양의 큰 바위로 이루어져 있었다.
대체 어떤 기술일까. 모든 바위는 완벽한 입방체로 가공되었고, 바위와 바위를 연결하는 부분은 아주 작은 물체도 들어가지 않을 정도로 정확하게 맞아떨어져 있었다.
라스트 보스를 격파하는 것.
이 미궁의 승리 조건에 어울리는 장엄하면서도 광대한 필드라 할 수 있으리라.
단 한 가지 결점.
그 라스트 보스가 없다는 점을 제외한다면.

『나, 여기에 잠들다.』

투기장 중앙이었다.
너무나도 눈에 띄는 위치에, 2미터 높이의 작은 피라미드가 설치되어 있었다. 그 앞에는 나무로 만든 간판이 놓여 있었고.

"공략해주는 인간이 없어서 싫증났습니다."

『그렇다고 죽지 마!』

전력으로 항의.

네 사람의 목소리가 완벽할 정도로 하나가 됐다.

알고는 있었다.

이것 자체는 예상했던 일이다. 미궁을 공략해주는 인간이 없어 절망한 신이 소멸했다는 것을.

그러나 이렇게까지 가벼울 줄이야.

"이게 뭔가요?! 이것저것 꼬인 듯한 민폐 행위는!"

펄이 참지 못하고 항의했다.

성큼성큼 피라미드까지 다가가서는 주먹을 힘껏 들었다.

"이제 용서할 수 없어요! 여기에 신이 있다는 거죠?!"

"자, 잠깐 펄?!"

"제 분노의 주먹으로 깨워주겠어요!"

통.

정말이지 귀여운 타격음을 내며 펄의 정권 지르기가 피라미드의 외벽에 작렬했다. 그러나 피라미드는 꿈작도 하지 않았다.

"……아야! 크, 그렇다면 넬 씨!"

"나도?! ……그, 그럼 실례하지!"

뒤이어 넬이 도약.

팽이처럼 몸을 틀더니 그 기세로 돌려차기를 시전. 강렬한 소리가 났지만 이번에도 피라미드는 꼼작도 하지 않았다.

소리는 크게 울리지만 모든 충격을 무효화하고 있다.

"소용없다, 펄."

넬이 힘없이 고개를 저었다.

"잠자는 사자가 모든 대미지를 1로 줄인 걸 기억하나? 이 반응으로 볼 때…… 신의 묘는 대미지를 0으로 만드는 모양이다. 인간의 힘은 물론 레셰 공이라 해도 외부에서 강제로 여는 건 어려울 것 같다."

신의 묘는 절대적인 성역.

누구든 침범할 수 없다.

"무패 공이라면 어떻게든 할 수 있었을 수도 모르지만, 게임에서 제외. 아니, 설령 묘를 비집고 열어도 신의 유체가 발견될 뿐. 그걸로 뭐가 되겠어?"

"윽…… 그, 그건 그렇지만……."

펄이 크게 탄식했다.

"……의미가 없어요."

"그럼 페이 공. 이제야 이야기를 들을 단계까지 왔다."

돌아본 넬이 살짝 끄덕였다.

"라스트 보스는 사라졌고, 신의 묘는 보시다시피 완전무결하게 보호받고 있다. 페이 공이 말한 라스트 보스가 없는 것으로 공략 불가능한 상황이라는 건 의심할 여지가 없지."

"그래, 나도 이 묘를 어떻게 하는 건 무리일 거라고 생각해."

"그런데도 공략할 수 있다는 건가?"

"공략할 수 있는지는 모르겠어. 하지만 어떻게든 할 수 있을 것 같아."

신의 묘와 간판에는 단서가 없다.

이 투기장도 그렇다. 대리석과 같은 바위가 빛나는 것은 조명 역할일 것이다. 그 외에 딱히 신경 쓰이는 특징은 없었다.

"넬, 미이프가 한 말을 어디까지 믿어야 할까?"

"……음? 그 말은?"

"미이프가 튜토리얼에서 미궁 전설을 이야기했잖아."

옛날 옛적 어떤 곳에 미궁 제작에 애쓰는 신이 있었습니다.

신은 미로의 제일 깊은 곳에서 인간이 오기를 두근거리는 마음으로 기다렸습니다.

……그러나 아무도 미로를 공략해주지 않았고 신은 너무나도 지루한 나머지 죽고 말았습니다.

"신이 게임 마스터라면 미이프는 룰 북이야. 게임상에선 절대적인 중립. 그러니 **나는 미이프를 믿고 겨루고 싶어.**"

"……페이 공, 그건 대체 어떤 말을 가리키는 거지?"

"신은 죽었다. 미이프는 그걸 인정하고서 일부러 이런 말을 덧붙였어."

"어떤 난관과 강적도 지혜와 용기로 개척될 겁니다."

어떤 난관도 헤쳐 나갈 수 있다.

신이 죽은 것조차 어떻게든 할 수 있다면?

"그래서, 지금부터가 내 공략법이야."

돌아보았다.

신의 묘에 등을 돌린 페이는 세 소녀들에게 선언했다.

"라스트 보스가 없어서 공략할 수 없다면, **라스트 보스를 부활시킨 뒤 쓰러뜨리면 돼.**"

"어?!"

"네에에에에?! 그 황당한 이론은 뭔가요?!"

눈이 휘둥그레진 넬과 펄.

"아!"

그 두 사람 사이에서 레셰가 입을 열었다.

"그거, 할 수 있을 것 같아. 이 미궁은 『죽음과 재생의 미궁』이니까. 이름에 주목해봐. 『죽음』 뒤에 『재생』하는 미궁이잖아."

“아~?!”

펄과 넬의 두 번째 절규.

두 사람도 이제 깨달았다.

죽으면 끝나는 게 아니다.

이 게임에는 항상 재생의 개념이 존재한다는 사실을.

“그래. **이 미궁은 지금까지 아무도 죽지 않았어. 우리 플레이어도 몬스터도,** 모두가 리스폰해서 공평하게 부활했지.”

미궁의 라스트 보스로 존재하는 이상 신도 몬스터 판정을 받는다.

그렇다면 되살아날 수 있을 것이다.

신이 사망함에 따라 공략 불가능한 게임, 그 공략법이란…….

신을 리스폰(부활)시킨 뒤 쓰러뜨리면 된다.

하지만 어떻게?

라스트 보스를 리스폰시키기 위해선 무엇이 필요할까?

“이거 아닐까?”

딸랑…….

페이의 손바닥 위에서 진주빛으로 빛나는 종이 맑은 음색을 냈다. 그것을 본 펄과 넬이 동시에 외쳤다.

『소생의 종?!』

그렇다. 잠자는 사자는 두 가지 아이템을 남겼다.
하나는 세이브 아이템『라이온 하트』.
그리고 다른 하나가 용도 불명이었던『소생의 종』이다.

"잠자는 사자의 거구가 천천히 투명해진다."
"레이드 보스가 사라진 뒤에 나타난 진주빛으로 빛나는 아이템『소생의 종』."

"처음부터 걸렸어. 인간도 몬스터도 리스폰하는 게임인데 어째서 부활용 아이템이 존재하는 건지. 플레이어 측은 한 명이라도 죽으면 팀 전원 모두가 리스폰해. 부활용 아이템을 사용할 타이밍이 없지."
"그렇군요. 그래서 이 아이템은 몬스터에게 사용할 거라고 추측할 수 있는 거네요?!"
"……그런 생각은 못 했다. 역시 페이 공."
두 소녀가 감탄했다.
남은 레셰도 이야기를 들으며 고개를 끄덕이고는.
"나도 찬성. **하나 더 만족시켜야 할 조건이 있을 것 같지만,**『소생의 종』은 아마 맞을 거야."
"어? 레셰 씨, 그게 무슨 말인가요……?"
"시도해보면 알겠지. 자, 펄."
페이가 종을 가볍게 던졌다.

귀중한 아이템인 『소생의 종』이 공중에서 반짝이며 펄의 손안에 들어왔다.

"묘 앞에서 울려봐. 운이 좋으면 라스트 보스가 되살아날지도?"

"……부활하면 곧바로 전투가 벌어지지 않을까요?"

"그렇겠지."

"무섭다고요!"

"아니, 괜찮아. 아마 바로 전투가 벌어지지는 않을 테니까."

레셰는 이미 깨달았다.

넬은 의아한 듯이 눈을 가늘게 떴고 소생의 종을 든 펄은 잘 이해가 안 되는 표정이었다.

"어, 어쨌든 울려볼게요. ……자, 라스트 보스여, 부활하세요!"

딸랑…….

죽은 이의 혼을 부르는 아름다운 음색이 죽음과 재생의 미궁 루셰이메어에 울렸다.

가볍고 산뜻한 소리가 벽에 몇 번이고 반사. 이 기분 좋은 울림은 묘의 외벽을 넘어 「안쪽」까지 전해졌을 것이다.

그러나.

신의 묘는 아무런 변화가 없었다.

"어, 어째서?!"

"……나쁜 예감이 적중했네. 이거, 진짜로 골치 아프네."

"페이 씨?!"

"레셰가 말했잖아. 소생의 종이 키 아이템인 건 아마도 맞을 거야. 하지만 신이 되살아나는 조건이 아직 충족되지 않았어."

다시 말해.

신이 죽음에 이른 이유가 남은 상태이다.

"넬, 신이 어째서 죽었지?"

"그, 그건 이 간판에 적힌 대로겠지. 공략해주는 인간이 없었으니까!"

"그래. 그러니까……."

부족하다.

"이게 부족해."

그 말과 함께 페이는 자신들의 머리 위를 가리켰다.

거기에 떠오른 11.9퍼센트라는 숫자.

"**해방치 말이야.**"

"설마?!"

미이프는 이렇게 말했다.

이 미궁에 들이는 정열을 나타내는 수치라 할 수 있다고.

"묘의 글을 봐. 공략해주는 인간이 없어서 싫증 났다는 메시지. 나는 이렇게도 읽혀. **신에게 볼일이 있으면 미궁을 완전 공략해봐라.**"

완벽히 공략하면 된다.

이 미궁의 공략자가 나타났다고, 신이 받아들일 수밖에 없게 한다.

"해방치 100퍼센트야. **이 미궁의 모든 에어리어 답파, 모든 함정 공략, 모든 보스 격파, 모든 아이템 습득.** 그러면 신은 되살아나."

"뭐어어어어어?!"

"노, 농담이죠?! 페이 씨! 아무리 그래도 그건 말도 안 돼요!"

"할 수밖에 없어."

따라서 페이는 스스로 각오를 다지게 하는 의미로 이렇게 말했다.

슬슬 진짜로 공략해볼까, 라고.

해방치란 신을 **묘에서 해방**하기 위한 미궁 공략 정열의 정도.

노리는 건 라스트 보스의 리스폰(부활).

그러기 위해선 해방치 100퍼센트 달성이 필요하다.

"아까 미이프가 했던 말은 거짓이 아니었어. 우리가 답파한 에어리어는 전체 미궁의 10퍼센트. 그리고 지금 해방치가 11.9퍼센트. 수치가 거의 일치해."

"몇천 시간이 걸릴 거예요!"

"……몇만 일지도 모르지. 페이 공, 정말로 그 방법밖에 없나?"

"**다 함께 한다.**"

신의 묘를 돌아보고.

그 앞에서 두 팔을 벌린 페이가 소리 높여 말했다.

"이 미궁을 몇백 시간동안 헤매는 미귀환자 150명이 있어. 그리고 우리를 포함한 구조팀이 50명. 우선 이 200명과 모조리 합류해 정보를 공유해야 해. 해방치를 올리는 장치를 모두 공유한다."

"……정말 장대하군……."

"……으윽. 하지만 그 방법밖에 없겠죠……!"

"큰 약진이잖아?"

초조한 숨을 내쉬는 두 사람 앞에서 페이는 엄지를 들었다.

"지금 이 게임은 **공략 불가능**에서 **시간을 들이면 공략 가능**으로 바뀌었어. 이제는 플레이어 측의 노력에 달린 거야."

Chapter

Player.3 컴플리트 게임

God's Game We Play

1

죽음과 재생의 미궁 루셰이메어.

잠자는 사자의 거처였던 처형장은 플레이어의 리스폰 지점으로 설정되었다.

리스폰은 두 가지 유형이 있다.

하나는 전멸했을 때의 「재시작」.

다른 하나는 인간 세계에서 두 번째 다이브할 때의 「재시작 지점」이다.

『어서 오세요. 여러분의 귀환을 환영합니다.』

"……그래. 이제 두 번 다시 오고 싶지 않았지만, 페이 녀석에게 전부 맡겨두는 건 미안해서 안 되겠더라고."

다시 게임으로 돌아오자마자 크게 한숨을 쉬었다.

팀 「블레이즈」 대장 아슈란.

그런 그가 이 처형장에 다시 리스폰한 뒤 경악했다.

"우오?!"

광장을 가득 채우는 다양한 크래프트 아이템.

레어 장비 아이템 「신기루의 도끼」, 「위령검 비에르주」,

「멸망의 왕관」, 「킹 파후의 수염」, 「천사 피자푸딩의 날개옷」, 「최종 결전용 병기 메가리스 로켓」.

레어 소환 아이템 「잠자는 사자의 입체 모형」, 「스핑크스의 입체 모형」.

레어 소비 아이템 「속임수 주사위」, 「????의 피」, 「제3급 제한 약제 귀주」.

레어 소재 아이템 「오리할콘」, 「붉은색 금속」, 「세계종의 날개」, 「드레이크 네일」…….

등등.

"전부 엄청나게 희귀한 것들이잖아?! 대체 얼마나 시간을 들여 모은 거야?"

아슈란이 숨을 삼켰다.

이곳에 있는 아이템 하나하나가 전부 쉽게 입수할 수 있는 것이 아니다.

몇십 번이라는 전멸을 각오해도 쓰러뜨릴 수 있을지 알 수 없는 에어리어 보스를 격파하거나 미궁에 설치된 함정을 돌파해야 한다.

"그래서, 페이 녀석은 어디에 있어?"

"아슈란 대장, 여기예요, 여기."

그런 아슈란에게.

거대한 바이올린을 든 페이가 처형장으로 돌아왔다.

"와줘서 고마워요. 우리끼리 완전 공략하기는 힘들거든요."

"그건 그렇고, 그건 뭐냐? 연주라도 할 생각이야?"

"안쪽 에어리어 보스를 쓰러뜨리고 얻은 아이템이에요. 이 게임은 에어리어 보스를 전부 쓰러뜨리면 해방치가 오르거든요. 어떤 보스라도 한 번은 쓰러뜨리고 싶어서요."

"지금 몇 퍼센트인데?"

"전원이 34퍼센트까지는 됐어요."

해방치.

그것이 무엇을 의미하는지는 아슈란 대장에게도 이미 보고해뒀다.

몇 시간 전.

페이는 인간 세계로 돌아갔다.

그리고 신비법원 빌딩의 회의실에 있던 아슈란 대장에게 말을 걸어 완전 공략을 위한 협력을 의뢰했다.

"100퍼센트라. 이야기를 들었을 땐 농담일 거라고 생각했는데……."

아슈란 대장이 천천히 주위를 둘러보았다.

"……진심이군."

수집한 대량의 레어 아이템.

나아가 처형장 벽에 설치된 거대한 지도도 있다.

크래프트 아이템「지점토」.

이것을 몇십 개나 대량으로 크래프트해서 퍼즐 조각처럼 연결해 미궁 루셰이메어의 에어리어 정보를 새긴「지도」도

작성 중이다. 출현 몬스터, 에어리어 보스, 아이템, 미로에 설치된 장치. 모든 정보를 적었다.

그 벽화를 나이프 하나로 새기는 두 남녀.

"라니오스. 이 북쪽 에어리어 3층에 레어 몬스터가 있었지? 이름하고 특징, 그리고 아이템은?"

"『댄싱 시미터』야. 쓰러뜨리면 레어 아이템 오리할콘을 떨어뜨려."

"알았어."

"나유타, 이쪽 남쪽 에어리어 지하 1층의 가장 왼쪽 십자교차로 말인데."

"거긴 막다른 곳이었어."

"그렇군."

바위와 같은 근육질 거구의 남성과 탁한 붉은 머리가 인상적인 여성.

강철도시의 라니오스와 동아도시의 나유타. 두 사람 모두 도시에서 선발된 구조팀 리더로, 페이의 완전 공략 계획에 흔쾌히 손을 빌려주기로 했다.

그리고.

"에즈레이즈, 늦었잖아. 동쪽 에어리어 공략 게을리했지?"

"너무하네, 나유타."

정말 부끄러운 듯한 미소를 지은, 말끔한 금발 청년이 나타났다.

해양도시 피셔 라의 대표 에즈레이즈다.

"동쪽 에어리어 2층에 함정이 있었어. 거기가 정말 복잡한 미로 구조였거든. 여덟 시간 걸렸는데, 해방치가 0.2퍼센트 올랐으니 기록해둬. 미로의 구조는 다른 종이에 메모해뒀어."

"동쪽 2층 말이지, 알았어."

나유타가 에즈레이즈에게서 얻은 정보를 점토판에 새겼다.

그 광경을 본 아슈란은.

"엄청난 협력 상태군."

"총력전이에요. 이 미로에서 만난 멤버에게 모조리 협력 요청을 했거든요."

페이가 감탄을 숨기지 않은 아슈란 대장에게 쓴웃음을 지으며 대답했다.

"그리고 탐색 중이라 자리를 비웠지만, 본부의 키르히엣지 대장에게도 협력을 요청했어요. 그도 흔쾌히 승낙해줬고요."

"흠, 본부가 말이지. ……아, 그러고 보니 본부라고 하니까!"

아슈란 대장이 말을 이었다.

"너희는 계속 미궁에 있으니까 모르겠지. 그 본부에 움직임이 있었어. 미귀환자가 아직 돌아오지 않으니 드디어 녀석들이 움직인대."

"녀석들이요?"

"그 녀석들 말이야. 왜 본부 에이스 팀인「모든 혼이 모이는 성좌」!"

"……그거 다행이네요."

현재 세계 최강팀.

아니, 사상 최강이라는 주장도 많은 4인조다.

전적은 7승 1패. 거기엔 우로보로스처럼 공략 불가능으로 여겨졌던 신들의 공략도 포함되어 있다. 세계 5대 불가능이 지금은 3대 불가능이 된 것도 그들의 공적이다.

그들을 이끄는 사도는 성 헤레네이어.

페이와 나이 차이가 많지 않은 10대 소녀라고 한다.

"완전 공략이 목표라면 합류했으면 좋겠네. 나보다 백배는 든든할 테니까."

"전 아슈란 대장에게 기대하고 있어요."

"그래?"

"그럼 작전 회의를 하죠. 레어 아이템을 입수하면 모조리 이 처형장으로 가져와 주세요. 제가 맡아둘게요."

페이가 꺼낸 것은 은색으로 된 작은 열쇠.

이 전리품이 완전 공략을 가능하게 한 전환점이라 해도 될 것이다.

"보물창고의 마스터키라고 하는데, 아이템을 거의 다 가질 수 있어요."

"그거 대단한데?!"

"게다가 전멸해도 아이템을 잃어버리지 않거든요. 이 효과가 정말 커요."

스핑크스에게서 얻은 아이템.

이것으로 위험한 함정 지역에도 전멸을 두려워하지 않고 나아갈 수 있게 됐다.

"야, 그거 초울트라 레어 아이템이잖아?! 대체 어디서 손에 넣었어?!"

"종반의 레이드 보스한테서요. 저희도 우로보로스 덕분에…… 아, 맞다. 아슈란 대장. 인간 세계에서 우로보로스 봤어요? 그 녀석만 게임 밖으로 쫓겨난 모양이라서요. 무사했으면 좋겠는데……."

"네 방 침대에서 뒹굴고 있어. 사무장님의 목격담에 의하면 말이지."

"제 방에서요?!"

"냉장고에서 아이스크림도 꺼내먹는다더라. 에어컨까지 켜고서."

"무사한 걸 넘어서 뻔뻔하네?!"

걱정할 것 없었다.

페이가 탄식한 그때.

"대발견이야!"

안경을 낀 지적인 여성이 거친 숨을 몰아쉬며 달려왔다.

팀 「아크엔젤」을 이끄는 카밀라다.

얼마전.

대량의 좀비 파후에게 습격당하던 참에 페이 일행이 구출해 공략팀 일원으로 참전하게 됐다. 레어 아이템 크래프트와 레어 몬스터의 목격 정보 등도 이미 공유했다.

"북쪽 통로의 무너져가던 벽이 있었잖아? 그걸 부쉈더니 숨겨진 통로가 나왔는데, 거기가 새로운 에어리어로 연결됐어! 공룡 같은 새로운 몬스터가 우글대더라고!"

"안녕하세요, 카밀라 씨. 그럼 저쪽에서……."

"대발견이에요~!"

계속해서 펄이 달려왔다.

그 두 손에는 갈색 털뭉치 몬스터, 파후를 안고 있었다. 명궁 모드로 좀비가 되기 이전의 일반 파후였다.

"어라, 그 녀석은……."

"부활시켰어요! 좀비에서 예전 모습으로!"

파후를 꼭 안은 펄.

"저희가 좀비 파후의 위액을 맞은 후 그 냄새를 폭포에서 씻어냈잖아요. 그래서 혹시나 했더니."

"좀비 파후를 폭포에서 씻겼어?"

"네! 이것 보세요! 귀여운 파후로 돌아왔어요!"

또 중요한 단서를 얻었다.

역시 이 미궁은 얼핏 죽은 것 같은 몬스터라도 반드시 되살아나는 장치가 교묘히 숨겨져 있다.

"그것만이 아니야!"

"오래 기다렸다, 페이 공!"

넬과 레셰도 파후를 안고서 등장했다.

"모든 좀비 파후를 일반 파후로 되돌렸더니 파후들이 감사의 표시로 비밀 에어리어 『파후 마을』로 안내해줬어!"

"음. 킹 파후를 알현하고 해방치가 단번에 1퍼센트나 상승했다."

"벌써 다녀왔어?!"

페이가 현실 세계로 돌아갔을 무렵.

미궁에 남은 동료 셋은 착실히 미궁 공략을 진행했다.

"킹 파후에게서 감사의 증표로 『파후의 문장』을 받았어. 이걸로 탐색할 때 파후들에게 공격받지 않게 된 모양이야."

"나도 파후 마을에 가보고 싶었는데…… 뭐 그렇게 됐으니, 아슈란 대장."

뒤를 돌아보았다.

흥미진진하게 레어 아이템을 만져보는 아슈란 대장에게.

"우리는 이런 식으로 진행하고 있어요. 가능하면 대장도 도와줬으면 해요."

"알았어. 도와줄게."

아슈란이 어쩔 수 없다는 듯이 쓴웃음을 지었다.

"맡겨둬. 괜히 100시간 이상 이 미궁에서 미귀환자가 된 건 아니니까."

2

신의 미궁 루셰이메어.

이곳에 마련된 해방치 장치는 약 수백에서 천 정도일 것이다. 그것은 해방치 스코어가 소수점 한자리인 것으로 추측할 수 있다.

레어 아이템 발견과 크래프트.

레어 몬스터(천사 피자푸딩 등)의 특수 이벤트.

에어리어 보스(골든 파후, 다크 파후 등)의 격파.

레이드 보스(잠자는 사자, 스핑크스 등)의 격파.

거기에 통상 몬스터로 생각했던 좀비 파후조차 폭포수로 씻기니 파후로 돌아오는 숨겨진 이벤트가 존재했다.

"이 숨겨진 이벤트가 제일 난관인데……."

뚜벅…….

네 사람의 발소리가 미궁에 울렸다.

그 발소리의 가장 뒤에 있는 레셰가 문뜩 떠오른 듯이 입을 열었다.

"에어리어 보스는 공략이 힘들지만 리스폰해서 계속 도전하면 반드시 공략할 수 있는 것 같아. 해방치 100퍼센트의 최대 난관은 숨겨진 이벤트를 모두 찾아내야 하는 것 아닐까?"

"아, 그건 저도 동감이에요."

쿠키를 먹으며 끄덕이는 펄.

아까 파후 마을에서 받았다는 『파후 쿠키』. 어째서인지 먹으면 몬스터와 만날 확률이 낮아진다.

이것으로 미궁 탐색에 전념할 수 있다.

"우리가 좀비 파후를 물에 씻겨보자고 생각한 것도 우연인데, 숨겨진 이벤트는 모르고 지나친 것도 분명 있을 것 같아요. 인해전술로 어떻게 할 수 있으면 좋겠는데요……."

완전 공략을 위한 인원은 현재 여섯 팀.

페이 일행 네 명.

아슈란 대장이 이끄는 「블레이즈」가 열두 명.

마르 라 지부의 카밀라가 이끄는 「아크엔젤」이 아홉 명.

그리고 미궁을 헤매던 미귀환자들의 그룹 둘과 구조팀 하나를 발견. 그들에게도 협력을 부탁했다.

"오. 페이 공, 여기가 아닐까?"

처형장의 북쪽 통로.

넬이 가리킨 곳은 보편적인 복도의 벽이다. 자신들이 지금까지 지나쳤던 벽에 지금 커다란 구멍이 생겼다.

"카밀라의 부하가 「가짜 방위 자석」을 크래프트해서 발견한 숨겨진 통로다. 새로운 구역으로 이어진 모양이야."

"그렇군. 특정 아이템이 아니면 발견할 수 없는 숨겨진 통로인가."

넬의 말에 답한 페이는 구멍 안으로 들어갔다.

그곳은…… 불길하게 맥동하는 벽이 아니라 넓은 삼림이 펼쳐져 있었다.

열대우림처럼 광대한 정글이.

"……여기, 미궁 안 맞죠?"

"그런 상식이 통하지 않게 됐어. 여긴 명궁 모드가 아니군. 잎이 생생해."

푸르른 나무들.

새가 지저귀고 꽃이 잔뜩 피었으며, 그 꽃에는 나비가 모였다.

오랜만에 잊고 있던 안정되는 경치였다.

"어쩐지 마음이 편해지네요. 꽃향기도 좋고 **나무에 열린 열매도 저렇게 빨갛고 훌륭하게**…… 훌륭하게……?"

펄의 발걸음이 멈췄다.

그림처럼 움직임이 멈춘 대신 그 뺨에 땀 한 방울이 흘렀다.

새빨간 과실.

이 미궁에서 기습의 대명사라 할 수 있는 살인 사과가 자신들의 머리 위를 가득 채울 정도로 빼곡히 열린 것이 아닌가.

"살인 사과의 숲인가?!"

"이런, 후퇴해, 펄!"

"……아니요!"

물러서는 페이 일행.

그러나 선두의 펄은 물러나지 않았다. 주먹을 쥐고 머리 위로 가득한 살인 사과를 노려보았다.

“바라던 바예요. 지금까지 저는 사각에서 날아든 기습에 당했어요. 하지만 머리 위에 이만큼 열렸다면 반대로 절대로 방심할 일이 없어요. 허를 찔리지만 않으면 제 텔레포트로 피할 수 있습니다!”

“오오?!”

“그리고! 지금까지의 경향으로 볼 때 이 몇천이나 되는 살인 사과도 실제로 공격하는 건 10퍼센트 정도겠죠. 그것만 철저하게 경계하면 돼요!”

펄이 크게 발을 내디뎠다.

바람에 흔들리는 새빨간 과일을 가리키며.

“자, 언제든지 날아와요. 두 개인가요? 세 개인가요? 다섯 개도 좋아요. 제겐 텔레포트가 있으니까요!”

펄의 텔레포트의 사정거리는 30미터.

설령 전방위에서 빈틈없이 사과가 날아들어도 30미터 후방으로 단번에 도망치면 된다.

“훗…… 안 올 건가요? 그렇겠죠. 어차피 기습밖에 할 수 없을 테니.”

승자의 미소를 짓는 펄.

쏴아.

그때, 살인 사과의 숲에 유독 강한 돌풍이 불었다.

붉은 과실이 흔들렸다.

한둘이 아니었다. **모든 나무에 열렸던 몇천 개나 되는 사과가 일제히 흔들리고 있었다.**

"……어?"

펑!

마치 대포와 같은 굉음을 울리며, 마치 기관총과 같은 탄막으로.

나무에 열린 모든 살인 사과가 일제히 날아들었다.

텔레포트의 사정거리 30미터를 훨씬 넘는 100미터 너머까지 가득 채울 정도의 수많은 살인 사과가 밀려들고.

"펄, 네가 도발하니까!"

"제 탓이 아니라고요오오오오오오오!"

숨겨진 에어리어『붉은 과실의 숲』.

그곳에 발을 디딘 페이 일행은 필사적으로 도망칠 수밖에 없었다.

한편 그때.

페이 일행이 살인 사과 숲에 도착했을 무렵.

아슈란이 이끄는「블레이즈」와 카밀라가 이끄는「아크엔

젤」의 연합 팀, 21명도 미궁 탐색을 계속했다.

처형장에서 뒤로 돌아간 갈림길.

열리지 않는 문을 크래프트 아이템「미스릴 은의 작은 열쇠」로 연 곳에 있는 긴 외길이었다.

얼마나 긴가 하면, 그 끝이 보이지 않을 정도.

백 미터 달리기는 물론 마라톤을 할 수 있을 정도로 긴 외길이었다.

"여기야? 그 천사 피자푸딩이 말했던 건."

"그래. 우리가 싸우지 않은 에어리어 보스가 있는 곳을 알려달라고 부탁한 결과가 이 외길이야."

아슈란의 질문에 끄덕이는 카밀라.

천사 피자푸딩. 페이 일행이 보물창고를 열어달라고 부탁한 것처럼, 그 천사는 한 팀마다 하나의 소원을 들어주는 힘을 지녔다.

그 소원으로 정보를 얻었다.

"그 천사는…… 내가 라스트 보스를 되살려달라고 부탁했더니 그 소원은 자기 힘을 뛰어넘는 일이라면서 거절하더라."

"그렇게 간단히 풀릴 리가 없지. 그건 그렇고 뭔가 이상해, 이 길!"

의아한 표정을 한 카밀라가 돌아보았다.

안경을 가다듬고서.

"에어리어 보스가 있다고 해서 왔는데 벌써 몇 킬로를 걸은 거야? 대체 언제까지 걷게 할 생각인지."

"아니, 아무래도 종점인 모양이다, 카밀라."

막다른 벽이 보이기 시작했다.

새하얀 벽. 길은 거기서 막혔다. 가볍게 몇 킬로는 걸었는데 보스와 만나지도 않고 막다른 곳까지 오고 말았다.

"어떻게 된 거야?! 역시 이상해, 이 막다른 곳…… 어머?"

카밀라가 미간을 찌푸렸다. 눈의 착각일까. 멀리 보이던 벽이 아까보다 가깝다. 비유하자면 벽이 다가오는 것만 같았다.

"대장, 저 벽이 움직여요!"

아슈란의 부하가 다급히 외쳤다.

"저 하얀 벽이 보스예요!"

"뭐야?!"

그건 거대한 지우개였다.

천장에서 바닥까지 가득 채운 거대 지우개가 밀려드는 벽처럼 폭주해서 이쪽으로 다가오고 있었다.

"말도 안 돼, 저게 에어리어 보스라는 거야?!"

품에서 크래프트 아이템 「백과 안경」을 장착.

그 몬스터의 정보를 분석했다.

에어리어 보스『킹 지우개』

모든 물질과 공격을 소거하는 강적. 닿으면 ***지워지니*** *도망칠 것.*

"프로스트 바이트!"

파슥.

카밀라가 발사한 탄환이 킹 지우개에 닿은 순간 **지워졌다**.

"엄청 위험한 보스잖아?! 다들 도망쳐!"

"이름도 그렇고 생긴 것도 그렇고, 저렇게 말도 안 되는데 왜 저렇게 강한 거야?!"

모두가 몸을 돌려 재빨리 도주.

킹 지우개가 그 뒤에서 「고고고고!」 하고 벽과 천장을 지우개로 지우듯 빠르게 다가왔다.

"무섭잖아?! 어지간한 공포영화보다 백 배는 무섭다고!"

"이런 녀석을 어떻게 쓰러뜨리라는 거야?!"

그리고 전멸.

리스폰 후 재도전하고, 다시 재도전.

"카밀라 대장. 이 녀석은 우리를 쫓아오면서 점점 작아지고 있지 않아요?"

"응?"

"저 녀석, 지우개잖아요. 바닥하고 벽을 지우는 동안 자신도 깎여서 자연스럽게 소멸할 것 같은데요. 처음 봤을 때부터 생각한 거지만요."

"어째서 네 번 전멸할 때까지 말하지 않은 거야?!"

두 시간 후.

적이 완전히 줄어들어 소멸할 때까지 계속 도망친 아슈란, 카밀라의 합동 팀은 난적을 훌륭히 격파했다.

3

신을 묘에서 해방하는 「해방치」.

이 광대한 미궁에 대체 얼마나 많은 장치가 존재하는 걸까.

무척이나 흉악한 에어리어 보스, 불합리하기 그지없는 대형 적.

몇천에 이르는 아이템 중에는 크래프트로만 만들 수 있는 레어 아이템이 존재하며, 그 아이템을 소지하지 않으면 발견할 수 없는 숨겨진 통로가 존재한다.

……대체.

……현실 세계에서 얼마나 많은 시간이 흘렀을까.

페이 일행을 포함한 여섯 팀, 총원 50명.

모두가 혈안이 되어 미궁의 구석구석까지 탐색했다.

그리고 드디어.

모든 에어리어 답파. 모든 아이템 수집. 모든 보스, 몬스터 격파.

해방치 99.9퍼센트.

"……피곤해. ……이젠 꼼짝도 할 수 없어……."

"……기력이 다 떨어졌어. ……이제…… 남은 게 뭐야……?"

처형장에 힘없이 누운 아슈란 대장과 카밀라. 그 주위엔 부하들도 똑같이 모조리 새하얗게 불태운 듯이 쓰러져 있었다.

거기에.

펄이 헐떡이며 달려왔다.

"페이 씨, 마지막 장치를 발견했어요!"

"정말이야?!"

"여기예요, 레셰 씨가 미궁의 막다른 곳을 모조리 부쉈더니 우연히!"

"그냥 힘으로 밀어붙인 거였어?!"

펄을 따라 미궁 안쪽으로. 거기에 넬과 레셰가 서있었다.

"페이, 여기야, 여기!"

"이 사당이다. 제사 지내듯 모셔진 게 주사위라는 신기한 곳인데……."

미궁의 벽을 부수고 나타난 작은 공간.

거기에 제단처럼 보이는 곳이 있었다.

이끼가 낀 돌을 쌓아 만든 사당.

재단에 모셔진 것은 커다란 돌접시와 돌로 만든 주사위

가 여섯. 다만 주사위는 익숙한 육면체가 아니라 1부터 24까지의 숫자가 새겨진 24면체였다.

"24면체 주사위가 여섯 개라. 흔한 육면체가 아닌 점이 신경 쓰이네."

"페이, 이쪽에 비석이 있어!"

사당의 뒤에서 레셰가 손짓했다. 직경 1미터 정도의 비석에는 단 한마디, 너무나도 단순 명쾌한 **문제**가 새겨져 있었다.

—모든 것을 1(올포원)로 만들어라.

마지막은 운.

24면체 주사위가 여섯. 그 전부가 1이 나오도록 하라.

"확률이 얼마나 되는 거야?!"

이끼가 낀 석제 주사위를 내려다보는 넬.

"24면체 주사위다. 특정 눈이 나올 확률을 약 4퍼센트로 잡고 그걸 여섯 번 반복한다 치면……."

"약 0.000000004096퍼센트 정도?"

레셰가 즉답.

"단순 계산으로 2억 번 정도는 필요하네. 5초에 한 번 도전한다면, 10억 초 정도 걸려."

"……레셰 씨. 10억 초라면 시간으로 환산하면 얼마나 되나요?"

"32년."

"단위가 이상하잖아요! 그건 수면 시간도 제외한 건데…… 그보다 이건 비현실적인 것도 정도가 있잖아요!"

"시험 삼아 해봐, 펄."

"무리예요!"

24면체 주사위 여섯 개를 내려다보며 힘없이 주저앉는다.

"……이런 이끼투성이의 오래된 주사위는 만지고 싶지 않은데요…… 아, 정말, 에잇!"

주사위를 들었다.

결심하고 던진 여섯 주사위가 데굴데굴 돌접시 위를 굴렀다.

8, 19, 3, 23, 24, 15.

"하나도 안 나왔네. 여섯 개나 되니까 적어도 다섯 개는 1이 나왔으면 하는데."

"그걸 어떻게 해요?!"

"할 수 있어."

돌접시 위에 놓인 주사위 여섯을 레셰가 두 손으로 집었다.

다섯 개를 왼손에, 하나만 오른손에 들고서 돌접시 위로 던졌다.

……1.

뒤이어 두 번째, 세 번째도 연속으로 1.

"어라? 어, 어떻게?!"

"당연히 **노리고** 한 거지. 그렇게 나오도록 던졌으니까."

주사위 조작. 레셰 정도의 숙련자라면 24면체 주사위라도 특정수가 나오도록 던지는 것이 가능하다.

1, 1, 1, 1, 1.

계속해서 1이 나왔다.

"여, 여유잖아요, 레셰 씨?!"

"라스트네."

여섯 번째 주사위.

돌접시 위를 굴러 1에서 멈추고…… 그때, 이변이 일어났다. 눈이 1에서 완전히 멈췄던 주사위가 갑자기 기울더니, 회전했다.

그렇게 4에서 멈췄다.

1, 1, 1, 1, 1, 4.

마지막으로 다른 눈이 나와 도전 실패.

"어, 어째서?! 지금 확실히 1에서 멈췄는데…… 레셰 씨의 주사위 조작은 완벽했어요!"

"너무 완벽했던 거야."

레셰가 씁쓸하게 웃었다.

"주사위 눈을 의도적으로 조작하는 건 반칙이라는 거지. 어디까지나 주사위에 맡기라는 거야."

"완전히 운에 맡겨야 하잖아요?!"

"그럼 그 주사위를 바꾸는 건 괜찮을지도 모르겠네."

페이가 주머니를 뒤졌다.

미궁에서 크래프트할 수 있는 아이템은 천 종류 이상. 그중 상위 10퍼센트가 「레어」에 속하는데, 아직까지 용도를 알 수 없는 물건이 있다.

"속임수 주사위라는 크래프트 아이템이 있어. 지금까지 운 요소가 섞인 장치가 없어서 이상하다고 생각했는데, 이 사당에서 쓰는 것 같지 않아? 이 문제를 보면 **돌로 된 주사위를 사용하라고는 적혀있지 않으니까.**"

속임수 전용 주사위와 바꾸면 된다.

플레이어가 눈을 조작할 수 있는 것은 반칙이지만 **주사위가 스스로 나오는 눈을 조작하는 거라면 반칙이 아닐** 가능성이 높다.

"그, 그래요, 페이 씨! 전부 속임수 주사위로 바꿔서 전부 1이 나오게 하면 되겠네요."

"시간이 걸리겠지만."

"네?"

"속임수 주사위의 소재는 「놀이 도구 설계도 1개와 오리할콘」이거든. 오리할콘이 레어 소재라서 쉽게 나오지 않아. 우리도 아슈란 대장에게서 받은 거니까."

에어리어 보스 「킹 지우개」를 격파하면서 하나.

또한 미궁에 출현하는 레어 몬스터 「댄싱 시미터」가 떨어뜨리기도 하지만…….

"댄싱 시미터의 출현이 18시간에 한 번. 그리고 오리할콘의 드랍 확률이 5퍼센트 정도니까 오리할콘을 한 개 손에 넣을 때까지 2주는 걸려."

다섯 개를 모으는 데 10주. 다시 말해 속임수 주사위를 다섯 개 더 만들려면 그 소재의 수집만으로 2개월 필요하다.

"언제 기다려요?!"

"그러니까 지금 있는 걸로 해볼 수밖에 없어."

이끼가 낀 24면체 주사위가 여섯 개.

우선 하나를 속임수 주사위와 교환. 이것으로「1」이 나오는 건 다섯 개면 된다.

"현실적으로는, 그렇지…… 속임수 주사위가 세 개는 있었으면 좋겠네. 그렇게 하면 1은 세 개만 나오면 되니까 확률 0.000064퍼센트라서 더 현실적이야. 오리할콘 수집은 아슈란 대장에게 맡길까."

분담 작업이다.

속임수 주사위의 소재는 다른 팀이 맡는다.

그 사이 페이 일행은 계속해서 돌 주사위로 반복해서 시도한다. 물론 압도적으로 무모한 확률이라는 것은 염두에 두고서.

"그럼 나부터."

한 사람이 두 시간 동안 하고 교대.

우선 페이가 도전했지만 당연한 듯이「1」이 여섯 번 연속으로 나올 리가 없다.

"역시 어렵네. 그럼 레셰, 교대하자."

"맡겨줘!"

다음은 레셰.

그러나 이전 신의 강운이 있어도 1이 네 번 연속으로 나온 것이 고작이다.

"이제 막 시작이잖아. 자, 다음은 넬."

"이런 운 대결은 서툴지만, 맡겨다오!"

뒤이어 넬.

그러나 두 시간 반복해도 전혀 나오지 않았다.

"역시 안 되는군. 부탁한다, 펄."

"맡겨주세요!"

결과.

네 사람이 모두 여덟 시간을 도전했지만 실패로 끝났다.

"역시 5,760번 도전해도 무리라고요오오오오!"

펄이 절규와 함께 주사위를 던졌다.

잠시도 쉬지 않고 주사위를 던지느라 숨이 거칠어지고 오른쪽 어깨가 10센티미터도 올라가지 않을 정도로 지치고 근육통까지 생겼다.

역시 어려운 걸까.

그렇게 생각했다.

웅장한 목소리가 자신들의 뒤에서 울릴 때까지는.

"드디어 찾았다, 페이여!"

발자국 소리를 크게 울리며.

검은 코트를 입은 청년이 통로 저편에서 등장했다.

탁한 은발에 심지가 굳어 보이는 날카로운 눈매의 청년. 그 청년은 페이도 잘 아는 사람이었다.

"다크스?! 너도 여기 온 거야?!"

"음. 역시 우리는 서로 끌리는 운명인 듯하군!"

다크스 기어 시미터.

그 늠름한 풍모와 호쾌한 게임 플레이로 게임의 귀공자라고도 불리는 카리스마를 겸비한 신비법원 마르 라 지부의 사도다.

"이 재회는 필연. 페이여! 돌이켜보면 이 신의 미궁을 찾은 순간부터 나는 이 미래를 예감하고 있었다!"

"……여기에 올 때까지 잔뜩 헤맸지만요."

작은 목소리로.

그의 뒤에는 켈리치가 있었다.

다크스의 파트너로, 항상 함께 행동하는 그녀가 다소 질렸다는 말투로 말을 덧붙였다.

"……우리 다크스 때문에 죄송하네요."

"페이여, 완전 공략을 노리는 모양이더군. 과연 내 숙명의 상대…… 하지만."

다크스가 뒤의 사당을 확인.

돌접시 위에 놓인 여섯 개의 24면체 주사위를 내려보고는 마르 라 지부를 대표하는 그가 이해할 수 없다는 듯이 신음했다.

“페이여, 너 정도 되는 남자가 이 정도 시련에 애를 먹는 건가?”

“이 정도라고 해도 이건 단순히 확률이 너무 낮아서…….”

“그렇다면 알려주지!”

“이야기 좀 들어!”

“운이란 무엇인가! 확률인가? 천운인가? 아니! 운이란 스스로 찾아야 하는 운명력이다. 그것은 지고의 결투자인 나에게 어울리지!”

“……그럼 우리를 대신해 네가 던져보겠다는 거야?”

“그것도 좋겠지. 하지만 그러기 전에.”

다크스가 여섯 개의 주사위를 쥐었다.

그대로 던지는가 싶었지만 어째서인지 다른 한 손에 깨끗한 손수건을 꺼냈다. 그리고 이끼가 낀 24면체 주사위를 하나씩 닦아냈다.

“……다크스, 뭐 하는 건가요?”

“봐라, 켈리치. 내가 뭘 하는 건지 알 수 있을 거다.”

“……모르니까 물은 건데요.”

“이 이끼와 얼룩이 마음에 들지 않는군. 내가 던지는 주사위라면 스스로 빛을 내야 한다."

뽀득뽀득하고.

마른 손수건으로 오래된 주사위를 닦는 다크스. 그렇게 지켜보기를 잠시.

"됐다. 보라, 이 광채를!"

오오?!

이곳에 있는 모두가 감탄할 수밖에 없었다.

이끼가 가득했던 24면체 주사위가 다크스의 손길을 통해 아름다운 진주 빛깔로 반짝였다.

저것이 바로 사당에 모셔뒀던 주사위(운의 상징)의 진정한 모습…….

"때가 됐다! 너희의 힘을 보여봐라!"

다크스가 외쳤다.

빛나는 주사위를 쥔 오른손을 높이 들고는.

"모여라, 운명의 사자들아! 때가 됐다. 새로운 시대를 개벽하고 영광의 문을 열어라! 그 이름은…… 다크스 주사위!"

"결국 그 이름이냐?!"

주사위가 던져졌다.

빛나는 여섯 24면체 주사위가 돌접시 위를 춤추듯 굴렀다. 그리고.

……1, 1, 1, 1, 1, 1.

아름다운 조화를 이루듯 동시에 멈췄다.

『말도 안 돼!』

"……다크스는 이런 사람입니다."
어째서인지 반쯤 달관한 듯한 켈리치.
이것이 다크스 주사위!
다크스 자신의 유례가 드문 강운 덕인지, 갈고닦아준 인간에게 보답한 것인지, 혹은 웅장한 설명에 넘어갔기 때문인지.
여섯 개의 주사위 전부 1에서 멈춘 순간, 그 아래에 있던 돌접시가 빛을 냈다.
돌접시였던 것이 신성하게 빛나는 거울이 됐다.
—『새벽의 거울』.
—즉사 공격에 대해 자동 반응. 전멸 판정을 한 번 막는다.
그뿐만이 아니다.
거울에서 나오는 빛이 천장을 비추고 벽을 비추더니, 그 빛이 닿은 곳부터 미궁이 본래의 모습으로 돌아갔다.
명궁 모드가 풀린 것이다.
기괴한 반점 문양이 사라지고 바닥과 벽, 천장도 아름답게 닦인 석재로 돌아갔다.
"그래. 하면 되잖아!"
여섯 주사위를 칭찬하는 다크스.
무척이나 만족스러운 듯이 끄덕인 검은 코트의 청년은 위풍당당하게 발걸음을 돌렸다.
"페이여! 우리는 게임이라는 이름의 운명에 이끌린 평생의 호적수. 그러나 이 게임에서는 귀환을 바라는 자들도 있다. 이곳에서의 승부는 잠시 미뤄두지!"

"어라? 벌써 돌아갈 거야?"

"그리 서두르지 않아도 나와 네 싸움은 이제 막 시작됐다. 언젠가 새로운 운명의 교차점에서 다시 마주하겠지. 기다리고 있으마!"

"우리는 미귀환자 탐색을 우선시할게요. 그럼 이만."

꾸벅 고개를 숙인 켈리치.

그리고 산뜻하게 떠나는 다크스의 옆까지 달려갔다.

"이대로 합류하지 않아도 괜찮은 건가요? 저들은 이제 곧 완전 공략할 거라는데요. 따라가면 1승을 얻을 수 있어요."

"내겐 나만의 방식이 있다."

"서투네요. 우리 지부의 미귀환자를 구해준 보답만 하고 물러나다니. 그런 의리가 두터운 점은 싫지 않아요."

두 사람의 등이 보이지 않게 됐다.

소란스러웠던 주사위 사당이 고요해졌다.

모든 것이 끝났다. ……그렇게 생각한 것도 잠시, 갑자기 펄의 날카로운 목소리가 울렸다.

"……마, 말도 안 돼, 어째서?!"

"왜 그래? 펄. 그렇게 당황하다니."

"하, 하지만…… 그게……!"

펄이 넬을 가리켰다.

그 가리킨 곳이 넬의 가슴에서 머리를 통과해 머리 위에서 멈췄다.

해방치 99.999퍼센트.

"뭐?!"

넬은 자신의 눈을 의심했을 것이다.

사당을 공략하기 전, 해방치는 99.9퍼센트였다. 그리고 주사위 사당을 클리어했으니 당연히 100퍼센트가 될 것이라고, 누구나 그렇게 확신했었다. 페이조차도.

그러나 0.001퍼센트가 채워지지 않았다.

"어? 이상하네?"

레셰도 영문을 알 수 없는지 팔짱을 꼈다.

"우리가 나뉘어서 모든 구역을 조사했잖아. 몬스터도 함정도 아이템도 전부 봤다고 생각했는데."

"그, 그래요, 레셰 씨!"

응응, 고개를 끄덕인 펄.

"저희는 전부 탐험했잖아요! 이 사당이 마지막이라고 믿었는데, 뭔가 이상해요! 지금까지 해방치는 소수점 한자리까지였잖아요. 그런데 이제 와서 99.999퍼센트라니…… 0.001퍼센트가 남았다는 건 이상해요!"

펄의 말은 지당했다.

원칙적으로 에어리어 보스의 격파, 이벤트 공략마다 해방치가 0.1퍼센트 상승했다.

해방치가 0.001퍼센트 오르는 이벤트는 없었다.

……반대로 생각하면 아이템이나 보스를 놓친 건 아니라는 거지.

……우리는 정말로 작은 **무언가**를 놓친 거야.

해방치가 알려주고 있다.

이 미궁의 완전 공략까지 얼마 남지 않았다. 부족한 것은 이제 단 한 가지. 그것도 정말로 미세한 0.001퍼센트만큼의 놓침.

“우리가 놓친 게 있나?”

“하지만 넬 씨, 이제 미궁 안은 전부 탐색했어요. 만약 놓친 게 있다 해도 그 장소를 특정하는 것도 어려워요…….”

“펄.”

자신도 모르게.

페이는 금발 소녀의 이름을 불렀다.

“그거야.”

“네?”

“남은 0.001퍼센트는 **미궁 안에 없어.** 미궁 밖이야. 다들 돌아가자.”

“네에에에?! 무, 무슨 말인가요?!”

따라와.

페이는 말이 아닌 등으로 그렇게 말하려는 듯이 제일 먼저 몸을 돌렸다.

끝없이 이어진 복도를 큰 보폭으로 걸었다.

세이브 포인트인 처형장을 태연히 지나치고, 초기 리스폰이 설정된 미궁 앞의 커다란 방으로.

『어라, 어서 오세요. 찾으시는 거라도 있으신가요?』

"아니, 괜찮아. 볼일이 있는 건 성 밖이야."

미궁 루셰이메어의 입구가 있는 방을 빠져나가서.

그 방이 있던 성에서 밖으로 나가는 쪽으로 걸었다. 그렇게 성문을 지난 곳에.

그곳은 주변 일대로 초원이 펼쳐져 있었다.

싱그러운 식물과 형형색색의 꽃.

봄바람처럼 기분 좋은 바람이 불었고, 구름 한 점 없는 푸른 하늘이 지평선까지 이어져 있었다.

"페이 공?! 어디로 가는 건가?!"

"페이 씨, 거긴 미궁이 아니에요! 그보다 성에서 나가려고요?!"

"생각났어."

녹색 벌판을 걸었다.

봄기운 가득한 바람을 온몸으로 느끼며.

"우리의 해방치가 표시된 건 언제였지? 미궁에 들어온 이후? 아니야. **해방치는 미궁에 들어오기 전부터 표시됐었어.**"

"……?!"

"게임에 다이브한 우리는 처음에 이 초원에 도착했지. 해방치는 이미 여기서 표시됐었어."

"어라? 지금 수치는 뭘까요?"

"바로 사라졌군. 혹시 리스폰 횟수인가?"

"미궁의 장치만으로 해방치가 100이 된다면 해방치는 미궁에 들어간 뒤에 표시됐어야 해. 해방치가 이곳 대초원에 온 시점에 나타났다는 건……."

"……이곳에도 장치가 있다는 건가요?!"

"그래. 하지만 우리가 여길 통과했을 땐 해방치가 0이었어."

"마, 맞아요. 있다고 해봤자 살인 사과가 공격해서 그걸 피했을 뿐이에요……."

펄이 살인 사과에게 공격을 받아 두 번 리스폰.

장치라고 한다면 그것뿐이다.

그 사과를 피해도 해방치가 오르지 않았다.

"또 뭔가가 있는 건가요?! 페이 씨는 짐작되는 게 있으신 거죠?!"

"그래. 무척 커다란 녀석이 말이야."

계속 나아갔다.

처음의 다이브 지점까지 돌아간다고 하는 편이 적절하리라. 이윽고 그런 지평선 너머에 새까만 무언가가 보였다.

커다란 구멍.

이 대초원에 이곳에만 뚫린 커다란 구멍이 있다. 그것을 멀리서 본 순간, 펄과 넬이 동시에 달리기 시작했다.

"아아아아아?!"

"그, 그랬어! 이 구멍이 있었지!"

두 사람도 기억이 났다.

자신들은 이 구멍을 피하고 말았다는 사실을.

"……그나저나, 커다란 구멍이네. 뛰어내리면 즉사하려나?"

"뭘 시험하려는 건가요, 페이 씨이이이?! 그렇지 않아도 함정에 빠져 두 번이나 전멸했는데 이 이상 불필요하게 리스폰할 수는 없어요!"

펄이 살인 사과 장치에 두 번 당했다.

세 번째 전멸을 두려워했기에 구멍에 뛰어들지 않았다.

만약.

이렇게 눈에 띄는 커다란 구멍이 미궁 안에 있었다면 지금의 자신들은 망설이지 않고 뛰어들었을 것이다. 뛰어든 곳에 아이템이 있지는 않을까, 보스가 있지는 않을까 확인했을 것이다.

그러나 이곳은 미궁의 밖이다.

해방치의 의미를 알기 전에 발견한 탓에 전멸을 두려워해 뛰어들지 않았다.

이것이 바로.

신이 설치한 처음이자 마지막 심리 트릭.

"마지막이라는 기분이 드네!"

커다란 구멍에 다가가는 레셰. 주홍색 머리카락을 바람에 나부끼며 구멍의 가장자리에 아슬아슬하게 서서 아래를 들여다보았다.

부자연스러울 정도로 어두운 동굴.

한 치 앞이 보이지 않는 구멍으로 뛰어들면 대체 무엇이 기다리고 있을까.

"엄청 깊을 것 같은데…… 저, 정말로 뛰어들 건가요오?"

"이제 와서 전멸을 두려워해서 어쩌려고? 가자, 펄."

그리고 도약.

페이, 레셰, 펄, 넬 모두가 구멍으로 뛰어든 순간. 페이 일행의 머리 위에서 무언가가 빛났다.

『100.000000000000퍼센트』

"……앗!"

"해냈어요……!"

자유낙하하며 두 손을 마주 잡은 펄과 넬.

그러는 사이에도 구멍을 통해 몇십 미터, 몇백 미터 지하 깊은 곳으로 떨어졌다.

이윽고 계속해서 떨어진 그 끝에 본 적 있는 빛이 보였다.

"그런 거였군……!"

대초원의 구멍으로 몸을 던졌던 네 사람은 천천히 「그곳」에 내려왔다.

엄청나게 광대한 원형 투기장.

눈앞에는 높이 2미터 정도의 작은 피라미드.

그렇다.

대초원에 있던 구멍은 처음부터 미궁의 최심부까지 갈 수 있는 최단 루트였다.

"신님, 부활 조건을 충족했어요!"

펄이 피라미드 앞까지 달려갔다.

그 손에 든 『소생의 종』을 크게 들고서.

"리스폰하세요!"

딸랑…….

사자의 영혼을 부르는 아름다운 음색이 울렸다. ……그

러나 아무리 기다려도 묘에는 아무런 변화가 없었다.

"어, 어라? 이상하네요……."

펄이 불안한 듯이 눈을 깜박였다.

몇 번이고 몇 번이고 종을 흔들었지만, 미궁의 최심부에 아름다운 음색이 울리기만 할 뿐이었다.

"……설마 아직도 조건을 달성하지 못한 건가요……."

"이제는 열정이 나설 차례지."

레셰가 나섰다.

불안해하는 펄의 어깨에 손을 올리고 자신만만하게.

"간판을 잘 봐. 「공략해주는 인간이 없어서 싫증 났습니다」. 게임 마스터로서의 교만함이 보이잖아. 「와, 살짝 좀 어렵게 만들었나? 그렇구나, 아무도 클리어 못하는구나, 아쉬워라」라고 말하는 도발이야."

"그렇게까지 적힌 건 아닌데요?!"

"그러니까 이렇게 말해줄 거야!"

레셰가 심호흡.

"아, 이 미궁 진짜 쉽네!"

쩌렁쩌렁하게.

레셰의 기세등등한 말이 시원할 정도로 투기장에 울렸다.

신이 준비한 난제를 모두 풀었다.

다음은 플레이어가 신에게 도전장을 던질 차례다.

"더 해볼 만한 장치는 없는 걸까?!"

피라미드는 무반응.

그러나 레셰는 멈추지 않았다.

"아이템 크래프트도 전부 했고, 보스도 쓰러뜨렸는데. 벌써 끝난 걸까?"

"그것참 아쉽네!"

뒤이어 페이도.

"이렇게 쉬운 던전이라니 맥이 빠지네. **적어도 마지막에 강력한 라스트 보스와 싸우는 이벤트가 있었으면 좋겠는데 말이야.** 안 그래? 펄."

"아, 네! 너무 지루해서 잠이 와요. 이렇게 화려한 미궁인데 라스트 보스가 없다니, 실패작이네요! 그렇죠? 넬 씨!"

"으, 음! 제작자의 얼굴이 보고 싶을 정도군!"

피라미드는 무반응.

그리고 레셰가 더 밀어붙였다.

"해방치 100퍼센트를 달성했으니 전부 즐긴 거지……. 그게 아니면 자신의 게임이 클리어되는 게 무서운 걸까?"

"겁먹었나요?"

"주눅 들었나?"

"나와."

침묵을 지키던 신의 묘를 가리키며 페이가 말을 이었다.

"그런 비좁은 곳에 숨지 말고. 네가 기다리고 기다리던 도전자가 왔잖아."

덜컥…….

덜컥덜컥…….

그때 피라미드가 작게 떨리기 시작했다. 피라미드의 토대인 돌이 떨리기 시작하자, 눈이 무너지듯 조금씩 벽면이 벗겨졌다.

그 진동이 잠시 멈추고서.

『————누, 누, 누……————————————————.』

폭발했다.

분화한 듯이 피라미드의 윗부분이 정말이지 성대하게, 화려하게, 떠들썩하게 날아가고 거기서 담갈색 피부의 신이 뛰어나왔다.

『누가 만든 게임이 실패작에다 지루하고 쉽다는 거냐아아아아아아아!』

노랑과 검정 줄무늬 모양의 지팡이를 들고서.

앞면이 황금, 뒷면이 보랏빛인 머리카락을 나부끼는 소녀가 투기장의 상단에 착지했다.

『……묘 안에서 얌전히 듣고 있으니 멋대로 말하기는!』

생기로 가득해 밝게 빛나는 그 눈동자.

혈색 좋게 생기된 그 뺨.

이제 누가 봐도 확실했다. 드디어 라스트 보스, 신이 리스폰했다는 것을.

『그런 말은 라스트 보스인 짐을 쓰러뜨린 뒤에나 하거라!』

죽음과 재생의 미궁 루셰이메어.

라스트 보스, 강림.

VS『명계신 아누비스』

【승리 조건】명계신 격파. 다만, 격파 조건 불명.

【패배 조건】플레이어 측의 리스폰 판정.

【보충 설명】미궁 루셰이메어 안에서 습득한 모든 아이템 사용 가능.

Chapter

Player.4 Good Game Well Played

God's Game We Play

1

죽음과 재생의 미궁 루셰이메어.

인류 역사의 신화와 일화에서 의심할 여지가 없이 최대급일 미궁.

그곳의 모든 구역 답파, 모든 아이템 수집, 모든 보스와 몬스터 격파, 모든 이벤트 공략을 마친 최후의 싸움.

『짐은 명계신 아누비스. 이 미궁의 창조주이자 라스트 보스다.』

투기장 상단에서 담갈색 피부의 소녀가 기세를 올렸다.

『자, 놀아보자, 인간들이여!』

"단판 공략이야! 여기까지 와서 당하면 꼴사나우니까!"

그 기세에 응해 페이도 세 소녀들을 보며 외쳤다.

"이 한 번으로 끝낸다!"

『크크크. 그 마음가짐은 좋다. 그러나 짐은 라스트 보스다.』

명계신 아누비스가 지팡이를 들었다.

『백수 소환! 오너라, 내 사랑스러운 애완동물아!』

백 개에 가까운 빛의 고리.

그 고리에서 차례차례 몬스터가 나타나 투기장에 착지했다.

잠자는 사자, 스핑크스, 킹 지우개, 다크 파후 등등, 전부 본 적 있는 보스.

"이건 무리라고요오오오오오!"

"잠깐?! 이 녀석들을 한꺼번에 소환하는 건 너무 비겁하잖아!"

굉장한 라스트 보스일 거라고.

이렇게나 비상식적인 미궁을 만든 신이라면 당연히 상당한 난적이리라 생각했다.

그러나.

설마 이렇게까지 **막 나가는** 행동을 할 줄이야.

보스 100마리.

솔직히 말해「무리」이외의 단어가 떠오르지 않는다.

『하하하. 이 녀석들은 짐이 키운 EX(상위판)판이다. 우선 잠자는 사자, 더욱 강화된 네 필살기를 보여주어라!』

잠자는 사자가 짖었다.

천장에서 쏟아지는 눈부신 광선. 그것을 본 순간 페이 일행의 등골이 서늘해졌다.

"다들 **그걸** 장비해!"

이제는 뼛속까지 스며든 공략법이다.

아이템「보물창고의 마스터키」에서「평범한 우산」을 꺼내 머리 위로 들었다.

잠자는 사자 EX의 레이지 아츠『하늘에서 쏟아지는 것이 모든 것을 없앤다.』
모든 것이 소멸했다. (※게임 내 표기)

아누비스는 당연히 무사했다.
공략법을 아는 페이 일행은 재빨리 우산으로 방어(대신 우산이 소멸).
그리고.
남은 몬스터 99마리가 설명문대로 전멸했다.
『아아아아앗?! 멍청한 놈, 동료를 없애면 어떡하냐?!』
“…….”
잠자는 사자의 레이지 아츠는『하늘에서 쏟아지는 것이 **플레이어를** 없앤다.』
그것을 아누비스가 강화해 효과가 **무엇이든**으로 확대. 그렇게 동료 몬스터까지 소멸시킨 모양이다.
“설마 그런 거였나?!”
난감해하는 신을 올려다본 페이의 뇌리에 어떤 가능성이 떠올랐다. 이런 버그투성이의 비상식적인 유희를 다스리는 신이 도저히 정상일 리가 없다.

"이 녀석은 머리가 약점이야!"

『누굴 보고 머리가 나쁘다는 거냐아아아아!』

"당신 말이에요!"

펄의 손에 빛이 켜졌다. 아이템 「보물창고의 마스터키」에서 꺼낸 것은 이 미궁에 어울리지 않은 거대 로켓포였다.

—최종 결전용 병기 「메가리스 로켓」.

—한 발뿐인 로켓포이지만, 모든 보스 몬스터를 없앨 수 있다.

크래프트 아이템 중에서도 최대의 파괴력.

최종 결전을 대비해 지금까지 아껴뒀었다.

"라스트 보스답게 쓰러지세요!"

로켓이 아누비스에 착탄. 투기장이 흔들릴 정도의 충격파와 불꽃이 아누비스뿐만 아니라 잠자는 사자를 휩쓸었다.

"역시 최종 결전 병기예요! 이걸로 클리어……."

『후하하, 안 됐구나, 계집!』

뭉게뭉게 피어난 검은 연기가 날아갔다.

그 뒤로 보이는 것은 상처 하나 없는 명계신 아누비스.

『그런 가소로운 공격으로 짐을 없앨 수 있을 것 같았느냐!』

"최종 결전 병기라고 이름 지은 건 창조주인 당신이잖아요?!"

『기억 안 난다!』

"이 신, 정말 바보예요?!"

『나와라, 골든 파후!』

아누비스의 발밑에 빛나는 황금색 파후가 소환됐다.

잊을 수도 없는 첫 에어리어 보스다. 이 파후가 내뿜는 갓 브레스는 플레이어에게 방어 무시의 9,999 대미지를 준다.

『네 숨결을 보여줘라!』

"넬!"

아누비스와 페이가 동시에 외쳤다.

골든 파후가 빛나는 브레스를 쏜 순간, 재빨리 앞으로 달려 나간 넬이 오른발을 높게 공중으로 들었다.

"돌려주지!"

어라이즈『모멘트 반전』발동.

에너지, 질량에 상관없이 넬이 찬 물건을 반사한다. 넬이 찬 브레스가 황금 파후에게 직격했다.

『파후우우우?!』

『호오. 과연 여기까지 올 만하군. 만반의 대책을 마련했다는 건가.』

소녀처럼 생긴 신이 씩 입가를 올렸다.

그렇게 나와야지, 하는 것처럼 당당한 미소를 떠올리며.

『짐은 골든 파후를 100마리 소환!』

"뭐어어어어어?!"

"그러니까 숫자가 이상하다니까요?! 인간이 이기게 놔둘 생각이 없는 건가요?!"

넬과 펄이 열심히 항의.

그러나 그런 항의도 허무하게 아누비스는 이렇게 말했다.

『그리고! 게임 마스터(창조주)의 권한으로 시스템 변경. 본 게임은 체력(스태미나) 시스템을 도입한다. 플레이어 측이 움직일 수 있는 건 최대 연속 15초, 또한 어라이즈를 사용하면 스태미나가 단번에 제로까지 줄고 5초의 회복 시간이 필요하다!』

"그러니까 즉흥적으로 게임 시스템을 바꾸지 말라고!"

"게임이 바뀌잖아!"

『이것이 바로 짐의 힘! 게임 마스터에게 불가능이란 없다!』

가슴을 펴고 당당한 아누비스.

『체력(스태미나) 시스템 때문에 신주(어라이즈)로 튕겨낼 수 있는 갓 브레스는 한 발뿐이다. 자, 전멸하지 않도록 도망치거라. 짐은 그 사이에 필살필멸의 오의「갓 이레이저」를 영창하마. 70초 후 영창이 끝나면, 너희는 전멸이다!』

제한 시간 70초.

그사이에 골든 파후를 100마리 쓰러뜨리고 아누비스를 막아야 하는 불합리함. 스태미나 시스템 도입으로 연속 행동도 15초까지 제한.

불가능하다.

"……그렇게 생각하겠지."

『뭐?!』

페이의 당당한 한 마디에 담갈색 피부 소녀의 눈이 커졌다.

"신, 한 가지 잊고 있어! 미궁 이벤트로 좀비 파후를 구출하는 이벤트가 있었지. 우리는 파후의 문장이 있다!"

정화의 폭포에서 모든 좀비 파후를 파후로 되돌려 구출하는 숨겨진 이벤트.

이것을 달성해 숨겨진 에어리어『파후 마을』이 열리고 킹 파후로부터 우호의 증표로「파후의 문장」을 받았다.

"이것이 있으면 모든 파후와의 전투를 피할 수 있어!"

파후의 그림이 새겨진 금속 조각.

페이가 그것을 든 순간 100마리의 골든 파후의 움직임이 멈췄다.

당장에라도 달려들 것 같았던 파후들이 폴짝 뛰어 투기장에서 떠났다.

남겨진 것은 무방비한 라스트 보스뿐.

『크…… 이런?!』

아누비스는 지팡이를 든 채로 움직이지 않았다.

이렇게 간단히 골든 파후를 잃어버릴 줄은 몰랐을 것이다. 필살기 영창 완성은 70초. 그 사이에는 무방비 상태다.

"지금이야! 녀석은 한동안 움직일 수 없어!"

"집중포화예요!"

그런 페이 일행이 바라보자 신의 선고가 울렸다.

『역시 영창은 없는 걸로! **갓 이레이저는 영창 없이 쏠 수**

있는 것으로 한다!』

"뭐?"

『갓 이레이저 발사!』

아누비스의 지팡이에서 무지갯빛 섬광이 뿜어졌다.

섬광은 그렇게 빠르지 않아서 온다는 것을 알고 있으면 피할 수 있을 것이다. 그러나 신의 빛은 너무나도 갑작스러웠다.

아누비스의 갓 이레이저.

플레이어는 전멸했다. 단, 「새벽의 거울」로 한 번만 소생. (게임 내 표기)

짱그랑.

페이 일행의 손에서 거울이 깨졌다. 전멸을 막아주는 「새벽의 거울」 효과가 없었더라면 리스폰해서 처형장으로 돌아갔을 것이다.

『호오? 한 번뿐인 재생 아이템을 갖고 있었나. 하지만 다음은 없다.』

"잠깐! 지금 건 아무리 그래도 너무하잖아?!"

제아무리 페이라 해도 이번만큼은 항의했다.

게임 규칙을 바꿔 필살기 영창을 0초로 재설정했다. 가능하리라는 것은 알았지만, 70초라고 선언한 후 룰 변경은 너무나도 엉망이다.
"……나도 지금 건 좀 그랬어."
"……정말, 비겁해."
"그 영창의 의미는 뭐였던 건가요?!"
넷이서 강력히 항의.
그러나 아누비스는 오히려 즐거운 듯이 그 말을 듣고서.
『후하하하! 놀랐구나, 인간들아. 게임 마스터에게 불가능이란 없다!』
"당당하게 말하네?!"
"라스트 보스가 그러면 끝이잖아?!"
"……아, 정말! 그렇다면 이쪽도 기습으로 갚아줘요. 「스핑크스 입체모형」! 나와요, 스핑크스!"
펄이 사용한 것은 새로운 초 레어 아이템이다.
종이로 만들어진 입체 모형이 순식간에 스핑크스와 똑같이 변신. 진짜의 3분의 1 크기지만, 그 돌진은 진짜 스핑크스와 동등한 파괴력을 지닌다.
"돌격해요!"
『크억?!』
스핑크스의 박치기를 맞은 아누비스가 투기장의 벽까지 날아갔다.
통한다.
아까의 로켓포와는 다르게 스핑크스는 아누비스의 애완

동물이다. 신 속성 애완동물의 공격이라면 신에게도 통한다는 원리다.

『……크. 지금 공격은 아프군.』

아누비스가 휘두른 지팡이가 일격에 입체 모형을 튕겨냈다.

『제법 머리를 쓰는구나. 짐에게 통하는 아이템을 알아낸 건가.』

"흐음? 그렇죠? 항복할 거면 지금이에요. 입체모형 시리즈는 아직 잠자는 사자도 남아 있으니까요."

『가소롭다!』

아누비스가 외쳤다.

『짐은 라스트 보스다. 자동 회복 효과로 1초 후 모든 대미지를 회복한다!』

"그러니까 쓰러뜨리게 해줄 생각이 없는 거죠?!"

『그리고 새로운 룰 창조. 지금부터 짐에게 아이템 대미지는 일절 들어오지 않는다!』

…….

……아, 이 녀석, 틀렸다. 이야기가 안 통하는 타입이다.

즐겁게 선언하는 신을 올려다본 페이 일행 모두가 그렇게 생각했다.

이 신에게는 이야기가 안 통한다.

두뇌가 약점인 탓도 있을 것이다. 그러나 그 이상으로…….

『아, 재밌어.』

신이 웃었다.

어린아이처럼 뺨을 상기시키고 즐거운 듯이.

인간의 몇백, 몇천 배는 오래 살았을 신이 마치 어린아이처럼 천진난만하고 순수하게 눈을 반짝이고 있었다.

게임에 푹 빠져서 페이 일행의 이야기가 들리지 않을 정도로 즐기고 있었다.

『부활하길 잘했어. 역시 게임은 좋아.』

"……그러니까, 비겁하다고."

신을 올려다본 페이는 쓴웃음을 금할 수 없었다.

이 신은 비겁하다.

지금까지 만난 신 중에 제일 치사하다.

"이런 이상한 게임이라도 그런 즐거운 표정을 하면 같이 놀아주고 싶어지잖아."

『전투 후 3분 지날 때마다 짐의 체력도 세 배로 해야지!』

"하지 마!"

전언 철회.

역시 이 게임은 틀려먹었다. 그리고 이 신은 머리가 나쁘다.

『짐의 대마법을 보여주지. 지상에 있는 자 모두에게 즉사 대미지!』

“다들 뛰어!”

『두 번째 대마법. 공중에 있는 자 모두에게 즉사 대미지!』

“크?! 다들 숙여!”

『오, 잘 견디네!』

아누비스가 더욱 밝아진 목소리로 말했다.

빈사의 내구전.

페이 일행도 아슬아슬하게 전멸을 피하고 있지만 소생 아이템 「새벽의 거울」을 잃고 비축해뒀던 아이템을 차례차례 소모하며 간신히 버티는 상황이다.

반면 신은 무적.

최종 결전 병기로 이름지은 로켓포가 통하지 않고, 스핑크스의 돌격을 당하고도 1초 만에 자동 회복.

격파조건은 뭐지?

대미지를 줄 수 있는 방법이 있을까? 아니면 일정 시간을 버티는 시간제인가?

『자, 짐은 한 번 더 갓 이레이저다. 영창 시간은 당연히 제로!』

“크. 그렇다면 아이템으로…….”

『아이템 봉인!』

철컥 소리와 함께 페이가 지닌 「보물창고의 마스터키」가 부서졌다.

거기에 네 사람의 머리 위로 「봉인」이라는 글자가 떠올랐다.

창조주 권한으로 아이템 사용이 게임 시스템상 금지당한 것이다.

"잠깐?! 진짜로?!"

"너무 멋대로다!"

"이런 게임 마스터는 싫어요오오오오오!"

"수단을 가리라고, 수단을!"

넷이서 소리쳤지만 이미 늦었다.

아누비스가 하늘 높이 뛰어오르자 그 지팡이의 끝이 신성한 빛을 뿜었다.

『갓 이레이저이니라!』

"……크. 그렇게 멋대로 굴게 놔둘 것 같은가!"

넬이 오른발을 들었다.

이전 갓 브레스와 마찬가지로 이쪽을 향해 날아드는 섬광을 정면에서 되돌려주려 한 순간, 넬이 신음하며 무릎을 꿇었다.

스태미나 제로. 스태미나 시스템의 도입으로 플레이어가 움직일 수 있는 것은 최대 연속 15초까지.

그 제한에 걸린 것이다.

"넬 씨, 손을 주세요!"

펄이 외쳤다.

황금색 워프 포탈이 눈앞에 출현. 움직이지 못하는 넬의 손을 잡은 펄이 넘어지듯 뛰어든 다음 순간에 신이 사용한 섬광이 공간을 갈랐다.
간신히 두 사람이 회피.
그러나 어라이즈 사용으로 펄의 스태미나도 제로가 되어 넬과 함께 무릎을 꿇었다.
『좋았어, 그럼 또 간다!』
그 머리 위로 아누비스가 잔뜩 흥분한 목소리가 울렸다.
뺨을 새빨갛게 물들이고 어린아이처럼 눈을 반짝이는 것은 마치 자신이 라스트 보스라는 사실조차 잊은 듯이 천진난만한 말투로.
『지금까지 사용한 것 중에 제일 큰 공격이야! 투기장과 함께 날려주겠어!』
"웃기지 말라고!"
힌트는 **투기장과 함께**.
순간적인 발상에 가까운 직감을 믿은 페이와 레셰는 말을 나누지도 않고 동시에 투기장 출구를 향해 전력 질주했다.
페이가 넬을.
레셰가 펄을.
움직일 수 있는 두 사람이 움직일 수 없는 두 사람을 업고 투기장 밖으로 몸을 던졌다. 그 등 뒤로 신의 외침이 울려퍼졌다.
『날아가라아아!』
돌아볼 틈도 없다.

투기장이 빛으로 가득해졌다. 등으로 그 빛을 느꼈을 땐, 이미 피어오르는 폭풍에 모든 것이 날아가고 있었다.

신의 일격이 투기장과 함께 지하 공간을 날려버렸다.

의식이 끊길 것만 같은 소리와 충격.

거대한 암반이 폭풍에 휩쓸려 나뭇잎처럼 가볍게 날아갔다. 휘몰아친 흙먼지가 앞이 보이지 않을 정도로 가득 피어오르고.

"……콜록! ……컥."

"……아파!"

낙법을 하지도 못한 페이 일행은 바닥에 꽂혔다.

그 충격으로 순식간에 의식이 끊길 뻔했다.

"……다들 무사해?"

입 안에서 모래가 느껴진다.

모래 섞인 침을 뱉어낸 페이는 힘겹게 자리에서 일어났다.

"나는 괜찮아."

"……저도 간신히……."

"……나도 괜찮다."

일어나는 세 소녀.

아슬아슬하게 투기장에서 탈출해 폭발에 휩쓸리는 것만큼은 피한 듯했다. 그런 네 사람의 머리 위로 강렬한 빛이 들었다.
다시 신의 공격인가?
아니.
그 빛은 아득한 높은 푸른 하늘에서 찬란히 비치는 햇살이었다.
태양.
미궁의 최심부였던 투기장의 암반이 날아가는 바람에 생긴 커다란 구멍에서 구름 한 점 없는 푸른 하늘이 엿보였다.
모든 걸 잊고 바라만 보고 싶어질 정도로 장엄한 광경.
그러나 그런 감정은 뒤로 미뤄야 한다.
싸움은 아직 끝나지 않았다. 무엇보다 일행은 아직 신에게 유효타를 주지 못했다. 필사적으로 공격을 버텨냈을 뿐이니까.
"신은?! 어디에 있나요?!"
"그래, 그 녀석은?!"
끼익…….
페이 일행이 올려다보는 앞쪽에서 무언가가 열리는 소리가 났다.
투기장이 있었던 곳에서.
홀로, 담갈색 피부의 소녀가 그 자리에 주저앉아 있었다.
『…….』
소녀의 모습을 한 신이 얼굴을 들었다.

엉망이 된 페이 일행이 다급히 경계하는 앞에서 한 번 천천히 심호흡하고는.

『**만족했다.**』

아누비스가 웃었다.
진흙투성이가 된 얼굴로. 너무나도 순수한 미소로.
끼익…….
문이 열리는 소리가 메아리쳤다.
그것은 아누비스의 뒤에서 황금색 문이 열린 소리였다. 죽음과 재생의 미궁 루셰이메어, 그 탈출용 문이 열린다.

『즐거웠다. 짐의 게임을 잘 즐겨주었다.』

온화하면서도 또렷한.
미궁에 울리는 아누비스의 목소리는 웅대했다.
『모든 아이템, 모든 에어리어, 모든 이벤트. 힘든 여정이었겠지? 너희는 그만한 시간과 노력과 열정을 가지고 공략했구나.』
빛이 드는 지하.
이런 곳에는 절대로 들 리가 없는 태양 빛을 올려다보며.
『라스트 보스로서 너희와 싸우는 도중 그것이 확실히 전해졌다. 필시 짐은 그저 그것을 확인하고 싶었던 거겠지. 그것만 확인하면 충분했던 거다…… 짐의 게임을 전부 공략해줄 자가 과연 존재할 것인가…… 그걸 알고 싶었다…….』

그렇다.

신은 확인하고 싶었다.

이 게임을 즐겨주는 사람이 있을까, 하고.

이 게임에 푹 빠져서 함께해주는 사람이 있을까, 하고.

—라스트 보스란 이른바 게임 최후의 시험관.

—피날레에 이르기에 어울리는지를 확인하는 최후의 시험.

그 심사는 「강함」을 알아보는 것이 아닌.

미궁을 공략했다고. 신이 직접 진심으로 인정할 사람인지를. 게임을 향한 「정열」이야말로 마지막 공략 열쇠였다.

게임(유희)을 사랑하는 신에게 도전하는 마지막 비장의 수단은 게임(유희)을 향한 정열뿐이다.

아누비스는 그것을 확인했다.

기다리던 자가 이곳에 있다.

『그 목적을 이룬 이상, **이제 짐은 라스트 보스일 필요가 없지.**』

"……!"

그 한 마디에.

신에게 도전한 네 사람의 눈이 일제히 커졌다.

명계신 아누비스의 공략 조건.

절대 무패의 신이 라스트 보스로 나타난다면 **그 신을 라스트 보스의 자리에서 내려오게 하면 된다.**

『……좋네. 역시 놀이는 즐거워.』

혼잣말처럼 그렇게 중얼거리고는.

신은 이쪽을 보며 기분 좋은 듯이 눈을 가늘게 떴다.

『짐은 만족했다. 너희의 승리다.』

잠깐의 침묵.

그 말의 의미를 이해하고 마음속으로 곱씹어보고서.

"해냈다!"

"해냈어요오오오오오!"

"……후우. 황당한 게임이었어."

넬과 펄과 레셰가 모여 즐거워했다.

그리고 페이는.

다시 공중에 나타난 작은 열쇠「보물창고의 마스터키」를 두 손을 받았다. 신의 보관…… 신이 만든 게임을 처음 공략한 사람에겐 신이 비장의 선물을 준다고 한다.

『포상을 내리마.』

아누비스가 주저앉은 채로 이쪽을 가리켰다.

『짐만 즐기고 끝내면 재미가 없겠지? 그 열쇠를 네게 주마.』

"……인간 세계로 가져가라는 거야?"

『다만 하나만. 그리고, 한 번만.』

명계신 아누비스가 손가락 하나를 들어보였다.

장난스러운 미소를 지으며.

『그 열쇠를 통해 이 미궁에서 「언제 어떠한 때와 장소」에도 원하는 아이템을 가져가는 것을 허락하지. 헛되이 사용하지는 말아라.』

"명심하지."

열쇠를 쥐었다.

이쪽을 올려다보는 신에게, 페이는 고개를 끄덕였다.

『…….』

갈색 신이 만족스러운 듯이 끄덕였다.

그 몸이 천천히 옅어진다. 마치 햇살에 녹아내리듯이.

『짐은 만족했다. 또 놀고 싶으면 부활시켜다오.』

"그러니까 죽지 좀 말라고!"

VS『죽음과 재생의 두 가지 모습』 아누비스.

미궁 탈출 게임.

공략 시간: 불명(신비법원에서 공식 시간을 계측 중)으로 『승리』.

【승리 조건】 미궁의 가장 깊은 곳에 존재하는 라스트 보스를 격파.

【패배 조건】 없음.

드롭 아이템
승리 보수 : 신의 보관『보물창고의 마스터키』.
(입수 난이도「신화급」)

미궁 루셰이메어에서 아이템을 하나만 소환할 수 있다.

Chapter

Player.5 뱀만이 깨달았다

God's Game We Play

1

하룻밤이 지나고.

신비법원은 미궁에 사로잡혔던 미귀환자의 전원 귀환을 발표했다.

"한 건 했어, 페이 군!"

집무실로 들어가자 최고로 기분이 좋아보이는 미란다 사무장이 달려왔다.

"잘했어! 이걸로 사건 해결이야!"

"읍!"

사무장에게 안긴 펄이 몸을 젖혔다.

신장이 큰 사무장이 안으면 몸집이 작은 펄은 사무장의 가슴에 얼굴이 묻혀 숨을 쉴 수 없게 되는 듯하다.

"푸하! ……수, 숨 막혀요!"

펄이 다급히 도망쳤다.

"왜 그러세요?! 사무장님!"

"으응? 기쁨과 축하의 증표로 안아주려고 했을 뿐인데."

"그게 아니라 한 건 했어, 페이 군! 이라고 말하면서 저를 잡으셨잖아요!"

"펄 군이 제일 안는 느낌이 좋을 것 같아서 그만."

"안는 느낌?!"

"……뭐, 그만큼 나도 기쁘다는 거야."

오프닝 토크는 끝.

미란다 사무장이 그렇게 말하는 것처럼 손짓했다.

"자, 앉아. 오늘 커피는 내가 타 줄게. 페이 군은 사탕 두 개면 되지?"

"세 개로 부탁해요. 그리고 정말로 기분 좋아보이시네요, 사무장님."

사무장이 소파에 앉은 페이 앞에 빠르게 컵을 놓았다. 게다가 콧노래까지 부르며 즐거워했다.

"흐흠, 그렇지 뭐. 오늘의 나라면 송년회에서 취한 부하가 레드 와인을 흘려서 좋아하는 옷이 엉망이 되어도 한 번 노려보는 것 정도로 용서해줄 자신이 있어."

"……있었군요. 그런 일이."

그 사건은 페이도 궁금했지만 그보다 더 신경 쓰인 것은 탁상 달력이었다.

달력의 날짜가 페이가 마지막으로 봤을 때와 2주일 이상 차이가 났다.

미궁에서 2주간.

그 사실이 놀라웠지만, 더 놀라웠던 것은 2주일이 지났다는 자각이 전혀 없었던 일이다.

……엘리먼츠는 시간 감각이 달라.

……수면이나 식사도 필요 없이 게임에만 집중할 수 있는 세계니까.

체감 시간은 고작 이틀에서 사흘.

그만큼 영적 상위 세계에서는 인간의 감각이 이상해지기 쉽다. 그만큼 시간 감각이 틀어지면 귀환한 후에 몸 상태가 나빠지는 사람도 적지 않다.

“아, 맞다. 미귀환자였던 사람들의 상태는요? 무사해요?”

“응. 불안한 보고는 없었어.”

사무장이 커피 메이커의 전원을 넣으며 답했다.

“정신적으로 피폐해진 사람은 많지만, 오히려 이제야 돌아왔다고 안도하는 목소리가 압도적으로 많았어. 결과적으로는 거의 이상적이야. 그리고…… 사치라는 건 알지만 귀환자들의 승리 수까지 늘었으면 더 최고였을 텐데.”

미란다 사무장이 쓴웃음을 지었다.

“명계신 아누비스였던가? 아무래도 승리 판정을 받은 건 너희 넷뿐이었던 모양이야. 게임 참가자 전원이 승리 판정을 받은 게 아니었어.”

“어? 그래요?”

그건 페이도 처음 듣는다.

그러나 듣고 보니 이해도 된다. 정말이지 그 신다운 승리 판정이라고.

"저와 레셰, 펄과 넬이 승리 판정. 그럼 아누비스에게 직접 도전한 플레이어만이 승리 수가 오른 거군요."

『신들의 놀이』는 신 혼자 VS 인류 다수.

이번 미궁은 확실한 그런 사례지만 누구에게 승리를 안겨줄지는 게임 마스터인 신이 판정한다.

예를 들어, 타이탄이나 우로보로스.

지금까지의 신들은 참가 플레이어 전원에게 1승을 줬지만 명계신 아누비스는 달랐다.

"즐거웠다. 짐의 놀이를 잘 즐겨주었다."

"모든 아이템, 모든 에어리어, 모든 이벤트. 힘든 여정이었겠지?"

해방치 100퍼센트를 달성한 자에게 영광을.

그것이 명계신의 부활 조건이기도 했으니 승자는 페이를 포함한 네 사람. 다른 플레이어는 돌려보내준 대신 승리 수를 늘려주지 않았다.

"그렇군. 정말 그 신다운 판정이다."

넬이 쓴웃음을 떠올렸다.

"다만 우리도 목표 해방치 달성까지 많은 도움을 받았

지. 도와준 모두를 제치고 승리를 독점한 것은 미안한 마음이 드는데…….”

“뭐, 어때.”

레셰가 그렇게 답했다.

소파 끝에 등을 깊게 기대며.

“몇 번이고 말했잖아? 신은 스스로 기적을 일으키는 자에게만 미소 짓는다고. 신은 자신이 마음에 든 상대에게만 포상을 줘. 이번엔 우연히 우리였을 뿐이지. 다른 인간도 다음에 노력하면 돼.”

“그, 그렇군…… 레셰 공이 그렇게 말하니 설득력이 있다…….”

“넬. 자, 받아.”

커피가 담긴 컵을 넬에게.

“레오레셰 님의 말이 맞아. 너희가 신을 격파했잖니. 미안해하지 말고 명예로 삼아도 돼. 뭣하면 평생 자랑해도 되고.”

“아, 아닙니다! 자랑이라니…….”

“네 옛 보금자리였던 마르 라 지부는 대대적으로 선전하고 있어. 마르 라 출신인 넬 레클리스가 복귀하자마자 위업 달성! 이라면서.”

“네?!”

“어? 못 들었어? 그럼 마르 라 도시의 지역 진흥과에서 넬 군의 얼굴 사진을 사용해 「넬 만쥬」와 「넬 쿠키」를 팔기 시작한 건?”

“내 얼굴을 팔다니이이이이이이?!”

귀까지 새빨개져서는 몸부림치는 넬.

그런 반응을 유쾌하게 지켜보던 미란다 사무장이 뭔가 떠올랐다는 듯이 입을 열었다.

“이것도 알려줄게. 너희의 활약 말인데, 마르 라와 정반대로 반응했던 도시도 있었어. 신비법원 본부가 **정말 분한 듯이** 축하한다고 말했지.”

“본부가요?”

펄이 눈을 깜박였다.

커피 컵에 계속해서 각설탕을 투입하며.

“하지만 본부 여러분은 적극적으로 지휘해주셨는데요? 본부의 키르히엣지 씨가 구조팀을 통괄해주셨고요. 그리고…… 저희는 미궁에선 만나지 못했지만 본부에서 「마인드 오버 마터」도 참전했다던데…….”

“그것 때문이야.”

“네?”

“「마인드 오버 마터」는 본부가 자랑하는 세계 최강의 팀이라는 평가잖니. 대대적으로 선전하며 구조팀으로 참가했는데, 어땠니?”

“……뭐, 뭐가요?”

"미궁에서 활약했냐는 거야."

미란다 사무장이 어깨를 으쓱였다.

반면 펄은 대답하기 어려운 표정으로 잠시 천장을 바라보다가 이윽고 조심스럽게 고개를 저었다.

"제, 제가 아는 한에는요……. 하지만 그 팀을 미궁에서 보지 않았으니 뭐라고 할 수 없어요! 물론 세계 최강팀이니 어쩌면 제가 보지 않은 곳에서 미귀환자를 많이 구하거나 활약했을지도!"

"그럴 가능성은 있지."

"그, 그럼요!"

"하지만 신을 격파한 건 너희고, 승리 수가 오른 것도 너희뿐이잖아?"

커피 컵을 들어 올리는 사무장.

컵에 입을 가져가고는.

"본부로서는 미궁 게임의 공략은 「마인드 오버 마터」가 해낼 거라고 기대했을 거야. 그런데 지부의 팀에게 선수를 빼앗기니 아쉬운 거지."

"……뭐, 본부는 대단하니까요."

"어머?"

이번엔 미란다 사무장이 고개를 갸웃할 차례였다.

"그 반응을 보면 혹시 펄 군은 모르니?"

"뭐를요?"

“「마인드 오버 마터」는 4인조인데, 리더는 너희와 비슷한 또래의 여자아이야. 성 헤레네이어라는 아이지.”

“그건 아는데요…….”

“그리고 신비법원 본부 이사장의 외동딸이야.”

“네에에에에?!”

펄이 호들갑 놀랐다.

본부의 이사장이라면 신비법원을 이끄는 최고 권력자. 그 외동딸이 세계 최강팀의 리더라는 사실은 페이도 지금까지 들어본 적이 없었다.

……루인 지부에선 그런 말을 한 사람이 아무도 없었을 텐데.

……그런 거물끼리 그런 관계라는 걸 안다면 보통 반드시 이야기에 나올 법한데.

그런 소문은 조금도 들어본 적이 없다.

애초에 공표되지 않은 것이 아닐까.

“미란다 사무장님. 방금 그 이야기, 아마도 우리에겐 알려지지 않은 정보예요.”

“응? 어머나!”

사무장이 다급히 입을 막았다.

“아, 하지만 의심하는 건 아니야. 본부의 이사장과 세계 최강팀의 리더가 혈연관계라고 하면 부모가 딸을 편애해서 몰래 뒤를 봐준다고 생각할지도 모르지만 그런 걸로 신들의 놀이에서 7승은 할 수 없으니까."

「모든 혼이 모이는 성좌(마인드 오브 마터)」는 현재 7승.

전인미답의 10승까지 앞으로 3승. 미란다 사무장의 말처럼 본부 이사장의 권력은 신들의 놀이에선 조금도 영향을 주지 않는다.

요컨대, 우연이다.

세계 최강팀을 이끄는 소녀가 있고, 그 아버지가 우연히 신비법원의 최고 권력자였을 뿐이리라.

"헤레네이어라는 아이의 실력은 진짜야. 그러니 괜한 소문이 돌지 않도록 발표하지 않은 거겠지. 우리는 이미 아는 사실이었지만."

"……마인드 오버 마터라."

"응? 페이 군은 역시 그 가족 관계가 신경 쓰이니?"

"아니요, 그건 전혀요."

어딘가 걸리는 의문은 있다.

그러나 그것은 가족 관계가 아니라 오히려 펄의 이야기 쪽이었다.

"우리는 미궁에서 그 팀을 만나지 못했어요. 그보다 다른 구조팀도 마찬가지일걸요. 미궁 안에서 만났다는 이야기도 들어본 적이 없으니까요."

미궁의 모든 에어리어 답파. 모든 몬스터 발견.

그러나 본부의 그 팀은 **발견하지 못했다.**

……우연히 만나지 못한 건가? 단순히 그렇게 생각할 수만은 없는데.

……우리에게 들키지 않도록 숨었다고 생각하지 않으면 설명이 안 돼.

들키고 싶지 않은 이유가 있었을까?

몬스터와 싸우지 않고.

미귀환자들을 구출하지도 않고.

……반대로 생각하면.

……그 팀은 **미궁에서 뭘 한 거지?**

그 점이 마음에 걸렸다.

"뭐, 이미 끝난 일이잖니. 어렵게 생각하지 않아도 돼, 페이 군."

책상 서랍을 여는 사무장.

빼곡한 고급 쿠키 상자를 꺼내며.

"사무 쪽에서 통계도 정리하고 있으니 느끼는 건데, 게임에는 누구나 잘하고 못하는 분야가 있어. 마인드 오버 마터의 네 사람이 우연히 미궁과 상성이 나빴을 가능성도 있지."

"……."

"어머, 아직도 생각 중?"

"네. 그 이야기만 생각하는 게 아니라……."

자기 앞에 놓인 커피 컵을 바라보았다.

살며시 피어오르는 김 너머로 검은 커피의 수면이 빙글빙글 도는 것을 한동안 지켜보고는.

“**그 미궁은 알 수 없는 점이 너무 많았어요.** 애초에 이야기의 발단도 세계 각지의 사도가 강제로 모인 이유를 알 수 없어요. 아누비스는 관여하지 않은 게 아닐까 하지만요.”

“응? 그건 처음 듣는데?”

책상을 의자 삼아, 미란다 사무장이 살짝 올라타듯 앉았다.

“아까 본부가 회견을 열었어. 전 세계의 사도가 미궁에 모인 것도 아누비스의 간섭으로 여겨진다면서.”

“……생각해보니 전 아닌 것 같아요. 그렇게 단순한 이야기가 아니에요.”

명계신은 미궁의 게임 시스템에 관여했다.

반면, 거신상에 관해서는 무엇 하나 언급하지 않았다.

거기서 추측할 수 있는 것은.

클리어할 때까지 탈출할 수 없는 무한 리스폰=게임 시스템.

전 세계의 플레이어가 강제로 모인 것=게임 시스템이 **아님.**

대체 무엇이 원인일까.

전 세계의 거신상에서 벌어진 알 수 없는 현상이었을까, 아니면 어떠한 간섭이 있었던 걸까.

“예상이지만, 그 수수께끼를 푼 녀석도 있을 거예요. 그건 바로…….”

“무패인 내가 놀러 왔어!”

으직!

문이 세차게 밀리며 은발의 소녀가 들어왔다.

“아, 우로보로스, 마침 잘 왔어.”

“어이쿠, 말하지 않아도 돼, 인간아!”

페이의 말은 우로보로스가 내민 오른손에 의해 차단됐다.

“무슨 말이 하고 싶은지 알아. 드디어 미궁을 공략을 마쳤으니 마음 편히 내 게임에서 놀 수 있게 되어 무척이나 감격스러운 거겠지!”

“아니, 그게 아니야.”

“아니야?!”

“잠깐만, 일에는 순서가 있잖아. 왜, 미궁에서 스핑크스를 쓰러뜨린 뒤 네가 강제로 로그아웃한 일. 그 이야기가 하고 싶어.”

그렇다.

그 순간, 확연하게 게임 시스템에서 벗어난 이상 현상이 벌어졌다.

……우로보로스를 강제로 배제하는 장치.

……그 미궁의 어디를 탐험했지만 그런 건 어디에도 없었어.

아누비스가 한 짓인가?

소거법으로 생각하면 그렇겠지만 그건 아누비스의 부활 전에 벌어진 현상이다.

"그건 아누비스가 한 짓이 아니지?"

"응, 아니야."

우로보로스가 간단히 긍정.

"그럼 힌트. 인간이에게 좋은 걸 알려줄까?"

"그래."

"그 미궁에는 신이 여섯 있었어."

…….

……?

얼어붙은 듯이 조용해졌다.

우로보로스가 한 말의 의미를 바로 이해한 사람은, 어쩌면 세계 규모를 찾아봐도 아무도 없을 것이다.

넬과 펄, 미란다 사무장은 물론 모두가 진지한 표정이 됐다.

너무나도 예상과 상식을 뒤엎는 이야기라서 어떻게 반응해야 좋을지 알 수 없어 머리가 새하얗게 됐다.

인간은.

이해를 아득히 넘은 정보를 받으면 이렇게나 멍해지는 것인가.

페이도 예외가 아니다.

……신이, 여섯?

……잠깐, 어떻게 된 거지? 명계신과 우로보로스를 제외하고 네 명?

무슨 농담이 아닐까 싶지만 우로보로스는 너무나도 당연한 듯이 말했다.

"레셰는?"

새하얘진 머리를 필사적으로 회전시킨 페이가 부른 것은 옆에 앉은 소녀의 이름이었다.

"레셰는 알고 있었어?"

"아니, 전혀."

주홍색 머리의 소녀가 태연하게 고개를 저었다.

똑같이 진지한 듯한 표정이지만 레셰는 그렇구나, 라는 반응처럼 보이기도 했다.

"흐음? 하긴 모르는 것도 무리가 아니지."

우로보로스는 자신만만하게 팔짱을 꼈다.

"아무래도 숨어 있었으니까. 하지만 내게 간섭했잖아? 그럼 나도 그쪽의 존재를 알 수 있어."

"아! 잠깐만요! 지금 엄청 중요한 말을 가볍게 하지 않았나요?!"

펄이 퍼뜩 정신을 차렸다.

"무패 씨! 그러니까 무패 씨가 게임에서 로그아웃한 건 명계신이나 미궁 게임의 시스템이 아니라는 건가요?!"
"응. 미궁에 숨은 신들이 한 짓이야."
"그걸 자세히 알려주세요!"
"알고 싶어? 어쩔 수 없네. 그럼…… 어이쿠."
우로보로스가 다급히 입을 막았다.
무언가를 가만히 생각하는가 싶더니 무척이나 장난스러운 미소를 지으며.
"역시 말 안 할래."
"네에에에에?! 어째서요?!"
"보상으로 할래! 내 게임에서 이기면 알려줄게!"
폴짝 뛰어올라서는.
미란다 사무장의 책상을 받침대 삼아 그 위로 오른 뒤 나를 보라고 말하듯이 두 팔을 벌렸다.
"어때, 인간아!"
"……그렇게 나왔군."
페이는 장난스럽게 내려다보는 우로보로스에게 씁쓸한 미소를 지은 채 한숨을 쉬었다.
"역시 그 미궁 게임은 뭔가 이변이 있었어. 그 전모를 아는 건 너뿐이니 알고 싶으면 다시 싸우자는 거지?"
"후후. 이번엔 지지 않을 거야. 난 무패니까."
"그 말부터 모순되지 않았어?"
"정해졌네!"

은발의 신이 기쁜 듯이 눈을 반짝였다.

"그렇게 정해졌으면 바로 가자. 거신상이 있는 지하로!"

"……아."

미란다 사무장이 조심스럽게 손을 든 것은 그때였다.

"……저기, 우로보로스 님……. 송구하지만 발언을 허락해주시겠어요?"

"응? 뭐냐, 인간."

표정이 어두워진 우로보로스.

한창 즐거울 때 방해하자 살짝 울컥한 모양이다.

"발언을 허락하지. 다만 3초 이내에."

"3초?!"

"그래, 3초. 자, 일~, 이~."

"거신상은 쓸 수 없어요."

"응?"

은발의 소녀가 얼어붙었다.

"왜?"

"……그게 말이죠."

미란다 사무장이 빠르게 이동.

레셰의 뒤에 숨은 건 물론 우로보로스의 분노로부터 몸을 지키기 위해서이리라.

"그런 커다란 사건이 일어난 직후잖아요. 미궁 게임에서 귀환했다지만 거신상에 문제가 남았을지도 모르니까요.

안전 확인이 끝날 때까지 다이브를 금지한다고, 본부에서 공문이 왔어요."

"금지됐어?!"

"……정말 죄송하지만."

"내 게임은?!"

"조금만 더 기다려주세요. 대신 그동안 페이 군을 마음껏 사용해주세요."

"어쩔 수 없네."

"뭔가요, 그 담합?!"

페이가 외쳤지만, 이미 늦었다.

미란다 사무장은 책상의 자료를 옆구리에 들었고, 우로보로스도 어째서인지 페이의 방 열쇠를 꺼냈다.

"그럼 전 회의가 있으니 뒷일을 부탁해."

"그럼 가자, 인간아. 인간이의 방에서 계속 게임해야지."

"제 의견은요?! 어라?!"

집무실에서 도망치듯 퇴장하는 사무장.

소매를 당기는 우로보로스와 남겨진 페이는 골머리를 앓게 됐다.

Chapter

Intermission — 02

(이 대화) (의) (기록은) (불허한다)

God's Game We Play

시간을 18시간 정도 거슬러 올라.

미궁 루셰이메어는 텅 비었다.

라스트 보스인 아누비스가 격파된 것으로 모든 사도가 귀환했다.

인간이 떠나 미궁을 배회하는 몬스터도 잠시 잠이 들었다. 이 게임이 언젠가 다시 시작될 때까지 정숙이 찾아왔다.

"거짓말쟁이."

단 한마디.

소녀의 또렷한 목소리가 미궁 최심부에 울렸다.

"아누비스. 이게 대체 어떻게 된 건가요?"

소녀가 바라보는 곳은 신의 묘.

아누비스의 리스폰으로 한 번은 성대하게 파괴됐지만, 그 신이 다시 잠드는 것으로 묘는 아무 일도 없었던 것처럼 원래대로 돌아와 있었다.

"……."

그것을 감정 없는 눈빛으로 바라보는 소녀.

"아누비스. 당신은 제 사상에 동의해줬어요. 『신들의 놀이』는 이제 이 세계에 존재해선 안된다고 긍정해줬어요. **그런데 어째서 공략하게 놔둔 건가요?"**

묘는 답하지 않았다.

생과 사의 이면을 가진 아누비스는 다시 「죽음」이라는 잠이 들었다. 언젠가 새로운 플레이어에게 깨어날 때까지는 누구도 간섭할 수 없다.

설령 그것이 신이라 해도.

"미궁 루셰이메어는 난공불락의 요새였어요. 아누비스, 라스트 보스인 당신이 지금처럼 묘 속에서 잠들어 있기만 했으면 됐어요. 격파해야 할 신이 죽으면 미궁은 절대로 공략할 수 없죠. 이 게임은 그렇게 끝이 없었을 텐데……."

후우.

그 소녀는 힘없이 숨을 내쉬었다.

"여기까지 준비하는 것도 힘들었어요. 『WGT(월드 게임즈 투어)』를 제안해 전 세계의 신비법원을 찾아갈 구실을 만들었어요. 저희는 모든 거신상에 접촉해 이 미궁으로 연결되도록 만들었죠. 이날을 위해서."

소녀가 힘없이 주먹을 쥐었다.

"계획은 성공하고 전 세계의 사도를 몇백 명이나 이곳에 가뒀어요. 남은 건 당신이 죽어만 있으면 됐어요. 그리고 미귀환자가 계속 늘어날 것을 두려워한 인간은『신들의 놀이』를 금지…… 그럴 터였는데…….”

두 번째 한숨.

이번엔 첫 번째보다 강한 후회가 담겨 있었다.

“당신은 어째서 되살아…….”

“응? 이런 곳에서 우연이네.”

뚜벅.

과거 투기장이 있던 지하 공간에 밝은 남자 목소리가 울렸다.

내리쬐는 햇살.

어른스러운 금발의 청년이 햇빛을 받으며 그 모습을 드러냈다.

“뭐 하고 있어. 헤레네이어 요나 베네딕틴 양.”

“…….”

소녀가 입을 다물었다.

성 헤레네이어. 금색 자수로 장식된 검은 의례복은 신비법원 본부의 에이스 팀이라는 사실을 알려주는 유일무이한 증거다.

세계 최강팀「마인드 오버 마터」를 이끄는 소녀가 돌아보았다.

아무런 감정도 없는 텅 빈 시선으로.

"누구?"

"이거 실례. 해양도시 피셔 라의 대표인 에즈레이즈야. 참고로 작년의 최고 루키가 페이, 나는 더 세컨드라고 불렸지. 조금은 지명도가 있을 줄 알았는데 몰랐나 보군. 뭐, 오늘로 기억해줘."

청년의 익살스러운 말투.

그러나 부드러운 말투와는 반대로 소녀를 바라보는 두 눈에는 대담한 빛이 담겨 있었다.

"흠, 여기가 미궁의 최심부인가."

그런 그가 주위를 둘러보았다.

아누비스의 힘으로 파괴됐던 투기장을 찬찬히 둘러보고는.

"페이가 신을 격파했대. 그래서 흥미가 생겨 탐험하러 온 거지. 모처럼 들어온 미궁이니 마지막이 어떻게 됐는지 궁금한 게 올바른 게이머잖아?"

"……."

"그나저나 미증유의 사태였지. 전 세계에서 몇백 명이나 되는 미귀환자가 생겼으니까. 신비법원 본부도 드디어 너희 「마인드 오버 마터」를 구조팀으로 파견했고……."

말이 멈췄다.

에즈레이즈는 그때까지 말이 없던 소녀에게 싱긋 미소 지었다.

"그래서, 몇 퍼센트까지 갔어?"

"……?"

"에이, 공략치말이야, 공략치. 이 미궁의 장치를 풀면 오르잖아. 소수점 두 자리까지. 페이가 선수 치긴 했지만 헤레네이어 양도 꽤 진행했겠지? 참고로 난 53.44퍼센트로 끝났어."

"……."

"어땠어? 게임은 끝났잖아. 이제 와서 숨길 필요도 없고."

"49.99퍼센트."

"오! 역시 괜찮은 성적이었네."

고개를 끄덕이는 청년.

그리고 눈을 가리던 앞머리를 쓸어올리며.

"거짓말. **댁들, 지금까지 뭐 했어?**"

"……무슨 말이야?"

"에이, 속이려 해도 안 통해. 이 미궁을 진지하게 공략했으면 방금 질문을 이상하게 생각했을 거야."

에즈레이즈가 자기 머리 위를 가리켰다.

게임 중 **해방치**가 떠 있었을 부근을.

"우선 이 게임에선 **공략치**가 아니라 **해방치**야. 미이프는 **공략치**라는 말을 절대로 하지 않았어. 지금 건 내가 만들어낸 말이지."

"……."

"그리고 해방치는 원칙적으로 소수점 한 자리까지. 태연하게 49.99퍼센트라고 말하는 건 이 미궁을 아무것도 모르는 인간이 할 말이야."

"……."

"애초에 이상하지. 페이 군이 우리 구조팀 모두의 힘을 빌려달라고 했는데 본부의, 그것도 세계 최강으로 유명한 팀만 모습이 보이지 않았어."

"……."

"그래서 신경 쓰여 찾아봤지. 혹시 여기 아닐까 싶었어."

힐끔.

해양도시 피셔 라 대표 사도 에즈레이즈가 바라본 것은 소녀의 뒤에 설치된 작은 신의 묘였다.

"그게 신의 묘? 흠, 페이가 격파했으니 다시 묘로 돌아간 거구나."

"……."

"그래서? 나는 네가 상당히 얌전한 목소리로 묘에 말을 거는 것처럼 들렸거든. 마치 아는 사람에게 말을 거는 것처럼."

"뭐야. 너는 **평범한 인간**이구나."

소녀가 한숨을 쉬었다.

어딘가 황당한 동시에 안도한 듯한 감정을 섞어.

“우로보로스가 다른 인간으로 변해 접근한 건가 싶어 수상히 여겼는데. 뼛속까지 제대로 된 인간, 호기심 왕성한 평범한 인간이었어.”

“응? 그게 무슨 의미지? 헤레네이어 양.”

인간이라는 말.

마치 자신은 인간 이외의 존재라고 선언하는 듯한 말투가 아닌가.

『정말 운이 없는 인간이네요.』

울렁.

헤레네이어의 머리카락이 떠오르고, 입고 있던 의례복이 안쪽에서 부풀어 올랐다. 마치 안쪽에서 무언가가 자라난 것처럼.

『나를 보고 말았어. 그 호기심이, 인간 당신에겐 불운입니다.』

“뭐?!”

순식간에, 본능적으로, 반사적으로.

범상치 않은 강대한 기척에 압도된 에즈레이즈는 뒤로 물러났다.

“헤레네이어 양?! 넌 대체……?!”

『이 미궁으로 비유하자면 신출내기 모험가가 **금지된 영역에서 숨겨진 보스를 발견한 것**. 그건 행운이 아니라 불운 이외의 아무것도 아니죠.』

소녀의 모습을 한 무언가가 오른손을 들었다.

그 검지로 에즈레이즈를 가리키며.

『잠드세요. 내 계획이 이루어질 때까지.』

슥…….

그 기괴한 소리는 공중에 생겨난 검은 소용돌이에 에즈레이즈의 두 팔이 잠기는 소리였다.

두 팔이 움직이지 않는다.

저항하려 했지만, 뒤이어 두 다리까지 공중에 생겨난 검은 소용돌이에 삼켜졌다.

“자, 잠깐?! 뭐야, 이게 무슨 농담이야, 헤레네이어 양. 이게 네 어라이즈……?!”

『헤레네이어?』

소녀의 모습을 한 무언가가 고개를 살짝 갸웃했다.

『아, 그건 제가 인간이었을 때의 이름이군요. 지금은 아닙니다.』

“뭐?!”

『죄송합니다. 그리고 당신의 호기심을 측은히 여깁니다. 10년만 참으세요. 그 정도면 풀어드리죠.』

에즈레이즈가 점점 이공간으로 빠져들었다.
그 순간.

"에즈 선배~? 선배, 어디 있어요~?"
"정말, 또 우리를 두고 멋대로 탐험하다니. 함정이 남아 있으면 큰일이라고요!"

밝은 소녀들의 발소리가 울렸다.
이곳 투기장에 에즈레이즈와 동일한 의례복을 입은 두 소녀가 밝은 발걸음으로 모습을 드러냈다. 두 사람 모두 그와 마찬가지로 피셔 라 지부의 사도들이다.
이 미궁의 미귀환자였지만, 그에게 구출됐었다.
"선배?"
"선배, 왜 그래요? 쪼그리고 앉아서."
"……아니."
후배 두 사람의 앞에서 무릎을 꿇은 자세에서 일어났다.
땀이 흥건한 이마. 거기에 달라붙은 앞머리를 아무 일도 없었던 것처럼 쓸어올린 금발 청년은 밝게 웃었다.
"미안해, 렌처, 마리아주. 자꾸 탐험하고 싶어져서."
"정말~!"
"역시 그랬군요! 선배는 바로 그렇게 혼자 멀리 가버리잖아요. 저희는 이제 게임 밖으로 나가고 싶다고요!"

뾰로통하게 화를 내는 소녀들.

그런 사랑스러운 후배에게 살며시 쓴웃음을 지어 보인 에즈레이즈는 숨을 내쉬었다.

등줄기에 흐르는 식은땀.

밝은 말투로 숨겨둔 이면에서 에즈레이즈의 체온은 차갑게 얼어붙을 것만 같았다.

“좋아, 돌아가자. 정말 타이밍 좋았어, 렌처, 마리아주. 귀여운 후배 덕분에 나도 산 것 같네.”

“……네?”

“뭐가요?”

“아니, 별거 아니야. 신경 쓰지 말고 이만 가자.”

두 사람의 등을 떠밀며 걸었다.

웃는 얼굴을 가장한 에즈레이즈가 한 번 더 돌아본 신의 묘.

소녀였던 무언가는 어디에도 없었다.

“……그럼. 신비법원에 보고해도 믿어주는 사람이 있으려나?”

에즈레이즈 소아 시미터.

작년의 페이에 이은 더 세컨드로 알려진 청년은 한 시간 후 미궁 루셰이메어에서 탈출했다.

미궁 루셰이메어.

그 최심부에서 인기척이 사라지고 다시 정숙이 찾아왔다. 몬스터들이 잠들고 아누비스도 묘 아래서 잠든 그곳에서.

『……제 예상이 틀렸었네요.』

한숨과 가까운 목소리(파동)를 듣는 사람은 이제 아무도 존재하지 않았다.

혼잣말.

누구에게도 들려줄 생각이 없는 목소리가.

『우로보로스가 위험인자라고 생각했어요. 하지만.』

『진짜 위험은 우로보로스가 아니었어요. **그 페이라는 인간이었죠……!**』

후드득.

신의 목소리가 울리는 파동에 밀려 벽에서 돌의 파편이 떨어졌다.

『막아야 해요.』

『신들의 놀이가 공략된다면 이번에야말로 저는 인간을 지킬 수 없게 돼요…….』

비참함과.

그 이상으로 강한 결의가 담긴 언령이 공략을 마친 미궁에 메아리쳤다.

『신들의 놀이를 공략하게 놔둘 수는 없어요, 페이.』

Chapter

Player.6 신의 총애

God's Game We Play

1

비적도시 루인의 빌딩이 아침 햇살을 반사했다.

아침 여섯 시.

신비법원의 숙소는 아직 고요했다. 오늘은 휴무일. 많은 사람이 아직 침대에서 자고 있을 것이다.

페이도 예외는 아니다.

미궁 루셰이메어에서 귀환한 날, 밤늦게까지 미란다 사무장에게서 설명을 마치고서 간신히 쉴 수 있겠다고…… 생각했었다.

"여보세요! 좋은 아침이에요!"

호쾌한 소녀의 인사가 이른 아침의 고요함을 날려버렸다. 이렇게 큰 목소리라면 옆방까지 들리겠지만 전혀 신경 쓰지 않는 모양이다.

"안녕하세요, 페이!"

"……어, 아침부터 활발한 그 목소리는……."

"아니타랍니다! 선택받은 여성의 화원 팀 「여제전선(엠프레스)」의 창설자 겸 리더로 올해 가장 주목받는 루키로 불릴 예정인 아니타예요!"

아니타 맨해튼.

문 너머에서 이름을 밝힌 것처럼 이상적인 여성 팀이 되려 하는 소녀다.

펄과 넬과 레셰에게 한꺼번에 권유했지만, 허무하게도 격침한 것이 얼마 전의 일이다.

그런 그녀가 어째서 이런 이른 아침에?

"아, 잠깐만. 지금 옷을 갈아입을 테니까."

잠옷에서 사복으로.

평소라면 신비법원의 옷을 입겠지만, 오늘은 휴무일이니 편한 셔츠 차림이었다.

"안녕하세요, 페이!"

문을 연 순간 화려한 분홍 머리를 한 작은 소녀가 인사했다.

나이는 열다섯. 신비법원 사도 중에서도 최연소다. 페이와 다르게 이쪽은 신비법원의 의례복 차림이었다.

"……안녕. 대체 무슨 일이야?"

"그러기 전에요."

두리번거리며 살피는 아니타.

"방에 들어가도 될까요? 여기는 남자 기숙사…… 저처럼 가련한 소녀가 이런 야만적이고 지저분한 기숙사에 왔다는 사실이 알려지면 제 명예가 실추할 거예요."

"안녕히 가세요."

"아앗?! 아, 알겠어요, 방에 들여보내 주세요! 아침은 추우니 여기 계속 서있으면 감기에 걸릴 것 같아요!"

아니타가 방으로 들어왔다.

그런 그녀를 거실까지 안내한 페이는 다시 한숨을 쉬었다. 아무래도 그녀는 자신에게 볼일이 없는 모양이다.

"그래서, 내 방 앞에서 누구를 기다린 거야?"

"어머? 제가 우로보로스 아가씨를 기다렸다는 걸 어떻게 아셨나요?"

"네 입으로 「여기서 계속 서있었다」고 말했잖아. 내 방앞에서 누군가를 기다린 게 아닐까 했지."

"후후후, 잘 아시는군요!"

아니타가 소파에 앉았다.

쿠션 상태를 확인하기 위해서인지 두세 번 다시 앉아가며.

"제 조사로 요 며칠 우로보로스 아가씨께서 당신의 방에 게임을 하러 드나드신다는 게 판명됐어요."

"……우로보로스라면, 그 우로보로스?"

"은발에 엄청 귀엽고, 눈이 큰 여자아이 신 말이에요."

"어째서?"

"당연히! 저희 팀 가입을 부탁드리려고요!"

그렇게 선언한 아니타는 바로 뭔가 떨떠름한 표정으로 입을 다물었다.

한마디 한마디 이를 악물 듯이.

"……앞선 제 계획은 실패했답니다. 세 여성을 팀에 맞이할 계획은 안타깝게도 거절당하고 말았어요. 원인은 언니들께서 당신의 팀원이었기 때문."

"레셰 언니, 펄, 언니, 넬 언니!"

"저희 팀 「엠프레스」에서 특별 객원의 자리를 준비하겠어요!"

그 권유는 실패로 끝났다.

무척 당연한 일이지만 아니타가 말한 것처럼 세 사람은 페이와 팀을 맺었다. 갑작스러운 그녀의 권유를 받아들일 리가 없다.

"하지만 저는 깨달았어요! 팀에서 빼오는 게 힘들다면, 팀이 아닌 언니를 노리면 된다는 것을!"

"어? 아, 그래서 우로보로스를 찾는구나."

우로보로스는 팀원이 아니다.

사도가 아니니 당연히 신비법원의 명부에도 실리지 않았고, 확실히 권유할 수 있을 것이다. 이론상의 이야기이지만.

"일단 말해두겠는데, 그 녀석에게 권유하는 건 꽤 위험할 거야. ……미궁에서 아주 가벼운 마음으로 몬스터를 날려버리는 걸 봤으니까."

"위험한 건 충분히 알고 있어요."

아니타가 자신만만하게 가슴을 폈다.

"이미 한 번 우로보로스 언니의 분노를 사 콘크리트 지면에 20센티 정도 박혀봤으니까요!"

"그런 꼴을 당하고도?!"

"공략하기 어려운 언니를 공략해야만 저희 팀이 더욱 빛날 테니까요!"

그때.

인터폰 소리가 울렸다.

"안녕하세요, 페이 씨!"

"페이, 아침이야!"

"이른 아침부터 실례한다, 페이 공. 조식을 마련했는데, 함께 어떤가?"

문 너머에서 소녀들의 목소리가 들렸다.

그리고 잠시 후 정말이지 천진난만한 맑은 목소리가 울렸다.

"인간아! 무패인 내가 놀러 왔다!"

"우로보로스 언니?! 그리고 펄 언니, 레셰 언니, 넬 언니도?!"

아니타가 소파에서 벌떡 일어났다.

곧장 달려가 힘차게 현관문을 열고서.

"잘 오셨어요, 여러분! 자, 부디 들어오세…… 어라?"

아니타는 이변을 깨달았다.

가련한 「언니」들이 무척이나 박력 있는 얼굴이 됐다는 사실을.

"……어, 언니들……?"

"이것 참."

먼저 말을 꺼낸 것은 넬이었다.

"어떻게 된 건가, 어째서 페이 공의 방에 있지?"

"저희보다 먼저 여길 와서 뭐 하고 있었나요?"

"외부인은 내쫓아야겠네."

"나한테 말도 없이 인간이한테 손을 댈 생각인가?"

"아앗?! 아, 아니에요, 아니에요!"

아니타가 다급히 후퇴.

생명의 위험을 느꼈는지 페이의 뒤로 몸을 숨기고는.

"이런 남자한테는 흥미 없답니다! 저는 그래요, 우로보로스 언니를 만나고 싶었을 뿐이에요!"

"응? 나?"

은발 소녀가 눈을 깜박였다.

"누군데?"

"기억 안 나시나요?! ……아, 아니요. 저와 언니의 청춘은 다시 처음부터 시작할 수 있다고 생각하면 그것도 괜찮겠죠! 우로보로스 언니, 저는 아니타라고 합니다. 부디 잘 부탁드려요."

……그야 그렇겠지. 신이니까.

……흥미 있는 건 게임을 잘하는 인간뿐, 그 이외엔 관심이 없겠지.

무척이나 신다운 대응이다.

오히려 지금은 인간은 물론 신에게도 주눅 들지 않고 팀원으로 권유하려는 아니타의 열정을 칭찬해야 할지도 모른다.

"아, 하지만 반대일 수도 있겠네. 아니타가 우로보로스를 권유하는 게 아니라 우로보로스가 아니타를 매료하는 힘이 있는 건지도?"

"맞아."

"그런 거야?!"

우로보로스의 예상하지 못한 답변에 자신도 모르게 되물어본 페이.

"아니…… 적당히 해본 말인데 혹시 정말로 그런 힘이 있는 거야?"

"응. 나는 신이니까. 음~ 근데, 이상하네."

은발의 소녀가 고개를 갸웃했다.

의미심장하게 이쪽을 올려다본 후, 천천히 다가와 어깨가 맞닿을 정도로 밀착했다.

마치 아기고양이가 인간에게 몸을 비비는 것처럼.

"……설명을 요구해도 될까?"

"시도해보고 있는 거다. 저 인간에게는 효과가 있는데 말이지."

소매를 붙든 우로보로스가 아니타와 페이를 번갈아 보고는.

"인간아, 내게 두근거리지 않아?"

"……무슨 의미야?"

"나한테서 참 좋은 향기가 나지? 자, 내가 인간이하고 게임하러 왔잖아. 여차하면 이것저것 따지지 않고 데려가려고 했지. 그래서 가까이서 살짝 내게 매료되어 포로가 되는 향기를 풍기게 했는데."

"그런 위험한 걸 방출했었어?!"

"안 느껴져?"

"전혀. 사정을 알게 된 지금도 모르겠어."

"그게 이상하다니까."

음~ 하고 귀여운 얼굴로 갸웃하는 신 우로보로스.

사정을 알면 헛웃음이 나올 정도로 강제적인 신의 능력이지만, 페이는 그 말을 들을 때까지 깨닫지도 못했다.

"혹시 농담이야?"

"설마. 인간이에게 통하지 않은 대신 가까이에 있던 이쪽 인간에게는 통했지."

"……그게 아니타라고?"

"응? 인간아, **이게** 뭐야?"

우로보로스가 고개를 들었다. 의아한 눈빛으로 이쪽을

올려다본 채 페이의 옷자락을 끌어당겨 자기 코에 가져다 댔다.

"인간아."

"뭐야, 갑자기."

"신에게 상당히 사랑받는구나. 어떤 신이 언제 한 건지는 모르겠지만."

"응?"

"인간이의 어라이즈는 인간이를 지키는 배리어라든가 결계 같은 계열? 게다가 자동 발동하는 신의 가호 같은 거?"

"……아, 그렇게 구분되려나? 나도 잘 모르겠지만."

초인형, 타입「신의 총애를 받다(메이 유어 갓)」.

이것은 쓸린 상처부터 치명상, 악의 저주, 운명, 모든 신들의 간섭조차 없애고 페이를 복원하는 힘이다.

우로보로스에 의하면.

그것은「자동으로 발동하는 신의 가호」라는 표현이 되는 모양이다.

"그거다!"

우로보로스가 소리쳤다.

"그 어라이즈가 내 간섭을 방해한 거야. 인간이가 내게 두근거려 포로가 되지 않는 것도 전부……."

"흐음?"

열변하는 우로보로스의 뒤에서.

레셰가 눈을 번뜩였다.

"그러니까 신입은 온몸에서 달콤한 냄새를 방출해 남몰래 계속 페이를 유혹했다는 거지? 꽤 잔머리를 굴리네……."

움찔!

우로보로스가 떨었다.

은발을 펄럭이며 레셰를 돌아봤지만 그 귀여운 얼굴은 이미 감출 수 없을 정도로 굳어 있었다.

"아, 아니야! 이건 내 초기 설정…… 신으로서 인간을 소중히 여기고 인간과 사이좋게 지내려는 거야. 그러려면 좋은 향기 정도야 기본이지!"

"페이 근처에서, 페이에게만 발동했다는 거지?"

"그, 그건……!"

방구석으로 내몰린 우로보로스.

그러나 좌우로 넬과 펄이 자리 잡아 이미 포위망이 완성된 뒤였다.

그때.

책상에 놓아둔 페이의 통신기가 울렸다.

『안녕! 아침 일찍 미안해, 페이 군.』

"안녕하세요, 사무장님. 휴일에 연락하시다니 드문 일이네요. 오늘은 사무장님도 쉬는 날 아닌가요?"

『휴일 출근이야. 정확하게는 어젯밤부터 잔업하는 거지만. 하아…….』

일부러 들으란 듯이 한숨을 쉰다.

『그렇게 됐으니, 휴일 아침부터 미안해. 페이 군, 잠깐 내 휴일 업무 좀 도와줄래?』

"……사무장님이 이렇다는데, 괜찮겠지?"

힐끔 시선을 보내자.

소녀들이 고개를 끄덕이는 것을 확인했다.

"괜찮아요. 마침 모두 와있어서요."

『본부에서 연락이 있었어.』

"그것참 의미심장한 말이네요. 무슨 연락이었는데요?"

『미궁 게임 사건으로 금지된 거신상에 다이브, 안전이 확인됐으니 테스트 다이브를 해달라는 요청이야.』

"네? **안전이 확인됐는데 테스트할** 필요가 있나요?"

『당연한 의문이지. 본부가 확인한 건 본부의 거신상뿐, 이번 미궁 게임은 세계 규모의 이상 사건이었으니 다른 거신상에서도 안전 테스트를 하고 싶다는 거야.』

찍혔다.

그리고 본부가 페이 일행을 지명한 이유도 상상할 수 있다.

"혹시 거신상이 고쳐지지 않아서 미궁 게임으로 이어졌다 해도 우리는 미궁을 공략했으니까 문제가 없다는 거군요."

『이해가 빨라 다행이야.』

"그 미궁을 한 번 더 공략하는 건 피하고 싶지만요."

통신기 너머로 쓴웃음이 들린다.

"참고로 테스트 플레이어는 저희뿐인가요? 거신상에 다이브한 곳에서 『신들의 놀이』가 정상으로 시작된다면 저희 넷으로는 너무 적은 게 아닌가 해서요."

『응, 응. 그러니까 미궁 게임을 경험한 팀한테도 요청하고 있어.』

"아슈란 대장인가요?"

『응. 나도?! 라고 말하며 싫어했지만 떨떠름하게 승낙했어. 그리고 다른 참가 희망자를 모집하고 있는데, 그쪽은 그다지 기대하지 마.』

"알겠어요. 자세한 이야기는 또 연락주세요."

통신기를 끊으려 하자.

아니타의 절규가 메아리쳤다.

"잠깐만요! 기다리세요, 페이! 통화 끊지 마세요!"

"아, 미안. 사무장님 쪽에서 끊었어."

"사무장님?! 뭐, 괜찮아요. 나중에 희망자를 모집한다니 거기에 신청하면 될 테니까요."

아니타가 헛기침했다.

"언니들께서 참가하는 게임, 저도 함께하겠습니다! 제 실력을 증명하면 저희 팀에 흥미를 가져주실 테니까요!"

『……에이.』

"어째서 싫어하시나요?! 자, 잠깐만요, 언니들! 저도 참가하게 해주세요. 짐꾼이든 뭐든 할 테니까요!"

그 한 시간 후.

무릎을 꿇어가며 필사적으로 애원한 아니타의 참가가 결정됐다.

2

며칠 후.

신비법원 빌딩 지하 다이브 센터.

거신상이 늘어선 홀에는 총 스무 명 가까운 사도가 집결했다.

아슈란 대장이 이끄는「블레이즈」가 열두 명.

페이, 레셰, 펄, 넬.

여기까지는 본부의 지명을 받은 열여섯 명이지만 추가로「엠프레스」를 이끄는 아니타가 테스트 플레이어로 지원. 거기에다.

"기뻐해라, 인간아! 무패인 내가 같이 가마!"

엘리베이터에서 내린 우로보로스.

이쪽도 페이와 함께 지하까지 따라왔다.

"안녕하세요, 레셰 님."

홀에 서있던 미란다 사무장이 선두의 레셰에게 인사했다.

빛나는 거신상을 가리키며.

"보시다시피 준비가 끝났어요. 거신상이 연결된 곳이 정상인지 테스트하는 건데 평소처럼 다이브하시면 돼요. 도착해서 새로운 신들의 놀이가 시작되면 정상입니다. 이전 미궁으로 연결된다면 아직 이상이 남은 거죠. 판별은 간단해요."

미란다 사무장이 품에 손을 넣었다.

그 손가락으로 집어 꺼낸 것은 소형 촬영기기였다.

"본부의 요청입니다. 이번엔 테스트 플레이를 위해 전 세계에 생방송은 없음. 신안 렌즈 소지는 필요 없다고 해요."

"난 처음부터 없었어!"

"……사실은 가져갔으면 하지만요. 그렇게 됐으니 페이 군, 아슈란 대장."

사무장이 뒤를 돌았다.

"이처럼 카메라도 방송도 없으니까, 준비가 되면 시작해."

"네. 알겠습니다요."

아슈란 대장이 크게 심호흡.

"그나저나 신들의 놀이는 적어도 2주는 쉬어야 하는데, 그 미궁에서 돌아온 지 며칠 만에 다이브시키다니. 전대미문의 빡빡한 스케줄 아니야?"

"대장은 아직 피로가 남았어요?"

"그건 아니야. 어제도 그제도 엄청나게 잤으니까!"

페이의 말에 아슈란 대장이 강하게 말했다.

그 기세로 자신의 두 뺨을 팡 때리고서.

"좋아! 먼저 간다, 페이!"

탄력을 받아 달려갔다.

거신상.

용의 머리를 본뜬 거신상의 입이 크게 벌어지고 그 앞으로 빛의 문이 형성됐다.

"가자, 얘들아! 돌격이다!"

그리고 다이브. 아슈란 대장, 뒤이어 그의 팀 멤버가 차례차례 거신상으로 몸을 던져 사라졌다.

"자, 가자!"

"앗?! 자, 잠깐만요, 밀지 마세요, 레셰 씨!"

"자, 잠깐, 펄. 나까지 붙잡고 길동무 삼지 마!"

뒤이어 레셰.

그리고 레셰에게 등을 떠밀린 펄, 그 펄에게 손을 붙들린 넬 세 사람이 넘어지듯 거신상으로 사라졌다.

"아, 기다려주세요, 언니들!"

그 뒤를 쫓아 뛰어드는 아니타.

마지막으로 남은 페이도 우로보로스에게 이끌려 달리기 시작했다.

"맞다, 우로보로스. 어제도 말했지만 이번엔 테스트 플레이야. 네 게임에서 노는 건 이다음이야."

"알고 있다, 인간아! 그러니 빨리 공략해야지!"

거신상을 가리키는 우로보로스.

가벼운 발걸음으로 달리며 거신상의 머리로 뛰어들고…….
칙.
푸른 불꽃이 튀었다.

우로보로스의 몸이 거신상에서 튕겨져나갔다.

"아이, 또야~?!"
"우로보로스?!"
거신상에 뛰어든 페이와 튕겨진 우로보로스. 두 사람이 뻗은 손이 몇 센티 차이로 어긋났다.
……또 우로보로스가 튕겨졌어?!
……잠깐. 이야기가 다르잖아!
이건 정상적으로 돌아온 거신상 테스트 플레이다.
거신상의 기능이 정상이라면 우로보로스가 튕겨날 리가 없다. 미궁에서도 그랬다. 우로보로스가 강제로 튕겨져 나간 것은 어떤 이변이 발생했기 때문.
다시 말해.
"거신상은 처음부터 고쳐지지 않은 건가?!"
큰일이다.
뭔가 예상하지 못한 이상 현상이 다시 벌어지고 있다.
페이가 그렇게 생각했을 땐, 이미 사무장과 우로보로스가 지켜보는 앞에서 거신상으로 다이브하고 있었다.

Chapter

Intermission.0 소녀와 소년

God's Game We Play

먼 옛날.

지금으로부터 10년도 더 전에.

페이 테오 필스라는 이름의 소년은 어렸을 때부터 게임의 신동으로 알려져 있었다.

다만 페이도 처음부터 게임의 재능이 뛰어났던 것은 아니다.

놀이 상대가 있었다.

"누나하고 놀고 왔어. 근데 오늘도 한 번도 못 이겼어."

그에게 유일무이한 놀이 상대는 세계 최고의 선생이기도 했다.

페이밖에 모르는 누나.

어디선가 찾아와서 어디론가 떠나간다.

그것은 새빨간 머리의 아름다운 소녀였다.

카드 게임, 체스, 당구 등 온갖 게임으로 도전하며 몇천 번이나 되는 패배를 거듭한 소년은 「단련」을 계속해왔다.

『굉장해, 페이.』

『점점 강해지는구나.』

페이에겐 누나한테 칭찬받는 것이 최고의 포상이었다.
『처음엔 내게 이기지 못했지만 그래도 넌 포기하지 않고 강해졌어.』
『그게 정말 기뻐.』
꿈만 같은 나날.
비유하자면 빛나는 비눗방울에 감싸인 두 사람만의 세계. 두 사람만의 놀이 시간.
하지만, 그 시간은 오래가지 않았다.
소녀는 어느 날 눈앞에서 홀연히 떠났다.
그래서 페이는 계속해서 찾았다.
지금의 자신이 있는 것은 그녀 덕분이라고. 붉은 머리의 누나에게 고맙다고 말하기 위해. 다시 한번 만나고 싶었다.

"내가 찾는 건 머리카락이 붉은 여자예요."

……….
……….
……꿈……?
……나는 갑자기 뭘 떠올리는 거지?
……신들의 놀이를 테스트해달라는 부탁을 받아서…… 거신상으로 뛰어들었는데…….
이제 곧 게임이 시작된다.

거신상에서 다이브한 곳에서 모두가 기다린다. 뛰어든 너머의 신들의 놀이터(엘리먼츠)에서.

그렇게 생각했다.

"……뭐지?!"

눈꺼풀을 들었다.

빛나는 거신상으로 뛰어들어 도착한 곳에는 있어야 할 엘리먼츠가 없었다.

아무것도 없다.

1센티 앞도 보이지 않을 정도로 새까만 어둠.

발에는 지면의 감촉이 없고, 손을 힘껏 앞으로 뻗어도 아무것도 만져지지 않는다.

기체인지 액체인지, 그 중간 질감의 미지근한 기류에 휩싸여서.

페이는 새까만 공간을 떠다녔다.

처음 보는 엘리먼츠.

이곳이 다음 신의 놀이터인가? 그렇다면 동료도 가까이에 있을 것이다.

"레셰? 레셰!"

대답이 없다.

조금의 빛도 들지 않는 어두운 공간에 목소리가 빨려 들어가듯 사라진다.

"펄! 넬! 아슈란 대장?!"

대답도 없거니와 모습도 보이지 않는다.

자신이 호흡하는 소리만 살며시 울릴 뿐 누구 하나의 목소리와 발소리도 들리지 않는다.

……이 세계는 뭐지?!

……여기에 있는 건 나뿐인가? 그럼 다른 모두는 어디로 갔지?!

잠시 생각에 잠겼다.

머리에 떠오른 어떤 가능성.

설마 반대인가? 다른 동료가 모두 어디로 가버린 것이 아니라.

“**떨어져 나간 건 내 쪽인가**……?”

『내 영적 상위(엘리먼츠) 세계.』

울리는 언령.

무수히 메아리치는 목소리가 말을 걸었다.

절절한 자애와 사랑, 그리고 한 줌의 슬픔을 담고서.

『거신상을 조작했습니다. 당신이 거신상을 통과하는 순간을 노려 이곳으로 오도록.』

“……?!”

이 속삭이는 목소리가 신?

빛이 없는 세계 속에서 평온한 울림이 전해지지만 모습

은 보이지 않았다.

"넌 누구지? 이 엘리먼츠의 신인가?"

『…….』

"거신상을 조작했댔지? 그러니까 이런 건가? 아누비스의 미궁에 쓸데없는 장난을 한 건 너였어."

대답이 없다.

그 살짝 차가울 정도의 정숙이 반대로 확실한 대답인 것처럼 이야기해주었다.

……나 하나만 노려서 끌고 들어왔다고?

……다른 사람은 다른 곳에 있나? 그렇다면 어째서 나만…….

한 가지 직감에 가까운 확신이 있다.

지금 속삭이는 신의 목소리에는 신들의 놀이를 시작하려는 기척이 느껴지지 않는다.

『제가 오인했어요.』

갑자기 목소리가 돌아왔다.

『그 미궁 게임은 절대로 공략할 수 없었을 터예요. 그걸 유일하게 힘으로 돌파할 수 있는 위험인자는 뱀, 우로보로스였죠. 그래서 저는 이쪽의 존재를 들키는 것을 감수하고 우로보로스를 미궁에서 제외했는데.』

"……네가?!"

『착각이었습니다. 우로보로스가 아니었어요.』

빛이 없는 세계에서.
이름도 모습도 알 수 없는 신이 평온히 말을 이었다.

『**진정한 위험인자는 당신이었어요.**』

오싹.
페이의 등줄기부터 손끝까지 온몸의 피가 얼어붙을 정도의 한기가 들었다.
중압감이 아니다.
기분 좋을 정도로 온화하고 편안한 목소리. 그렇기에 무섭다.
인지를 뛰어넘은 공포를 다짜고짜 심은 것처럼 아무런 저항도 못 하고 거대한 힘을 느낄 수밖에 없었다. 그리고 그 목소리가.

『한동안 **여기**서 잠드세요.』

"……?!"
강렬한 현기증.
망치로 머리를 얻어맞은 듯이 의식이 끊기는 현기증. 그것이 신이 부여한 저항 불가의 **졸음**이라는 것을 깨달았을 땐 이미 페이의 의식이 반쯤 끊어져 가고 있었다.

의식이…….

아무리 이으려 해도…… 끊어지고…… 종잇조각처럼 날아간다…….

……잠들라고?

……나를 ……어떻게 할 생각인데…….

『이곳은 세계에서, 아니, 엘리먼츠에서도 가장 안전하고 편안한 곳.』

졸음을 부르는 감미로운 목소리.

『당신은 그저 잠들었으면 해요.』

"……무……슨……!"

『아무것도 불안해할 것 없어요. 저는 누구보다도 놀이를 사랑하니까요. 저는 당신과 당신 동료도, 인간도, 이 세계도, 신들도 모두 사랑합니다. 사랑하기에 지키고 싶어요. **그렇기에 신들의 놀이는 존재해선 안됩니다.**』

"……뭐?!"

무슨 말이지?

신들의 놀이가 존재하면 안 된다고?

그렇게 물어보려 했지만 입술이 움직이지 않는다. 신이 이끄는 졸음 탓에 이제는 손가락 하나 까딱할 수 없이 공중에 뜬 채로 얼어붙은 것만 같은 상태다.

『당신이 눈을 떠도 인간 세계는 무엇 하나 변하지 않습니다. 그저 신들의 놀이가 사라지는 것뿐이에요.』

"……."

말도 안된다.

의식을 빼앗으려는 졸음에 휩싸인 채 몽롱하게 흐려지는 시야 속에서, 페이는 목소리가 들리는 공간을 필사적으로 노려보았다.

……바라지도 않은 곳에 사람을 끌어들이고.

……바라지도 않은 곳에서 잠들라고? 그런 건 사양하겠어.

무엇보다.

자신 이외의 모두가 어떤 표정으로 자신을 찾고 있을까. 이런 이공간에 떨어졌다는 사실도 모른 채 어떤 심정으로 기다릴까.

그런 건 상상도 하고 싶지 않다.

『원망해도 어쩔 수 없어요. 하지만 전 이렇게 해야만 해요…….』

멀어져가는 신의 목소리.

신이 멀어지는 것이 아니다. 자신의 의식이 그만큼 지워져 가고 있었다.

신이 이끄는 깊은 잠 속으로 빠져든다.

『잘 자요. 당신이 미래에서 행복해지기를.』

그때.

깨지 않는 꿈에 빠지는 의식의 밑바닥. 그 안쪽에서.

누군가의 목소리가 들린 것만 같았다.

아니, 생각이 났다.

“내가 사람에게 어라이즈를 주는 건 이게 처음이야.”

“……누나?”

“내 이름은—. 네가 다시— 때까지 그 몸에 닥치는 모든 재앙으로부터, 내 피가 지켜줄 거야.”

“그러니 이 힘의 이름은『신의 총애를(메이 유어 갓) 받다』.”

어둠이 깨졌다.

페이가 선명한 주홍색(버밀리언) 불꽃에 휩싸이자, 그 의식을 멀어지게 하려는 신의 졸음이 날아갔다.

초인형, 타입『신의 총애를(메이 유어 갓) 받다』.

페이를 다치게 하는 모든 악의, 저주, 운명, 신들의 간섭조차 없앨 수 있다.

어떤 신이 부여한 **기간 한정 무적의** 가호.

『무슨?!』

빛이 없는 곳에서 신이 외쳤다.

인간을 향한 신의 힘이 다른 신의 가호에 의해 튕겨져나갔다.

……쩌적.

페이의 등 쪽에서 빛이 없는 엘리먼츠가 갈라졌다.

『크! 기다리세요!』

어둠 너머에서 손이 보였다.

갈라진 엘리먼츠에서 해방된 페이를 놓칠 수 없다는 듯이 붙잡으려고 뻗은 신의 팔은.

신비법원의 의례복을 입은 소녀의 팔이었다.

검정 바탕에 화려한 황금색 자수가 새겨진 옷이 보였다.

『당신을 여기서 보내줄 수는……!』

그 손이 허공을 가르고.

어둠에 휩싸인 세계에서 신이 외침을 들으며.

페이는 미지의 신이 다스리는 엘리먼츠에서 해방됐다.

Chapter

Player.7 신수 위그드라실의 숲

God's Game We Play

1

고위의 신들이 초대하는『신들의 놀이』.

전 세계에서 극소수의 사람이 신만이 아는 기준으로 선발되어 힘을 부여받아 사도가 되어 영적 상위 세계로 오갈 수 있게 된다.

어떤 공간에서 어떤 게임이 기다리고 있을지.

모든 것은 신에게 달렸다.

그리고.

"페이 공?!"

"페이 씨! 찾았어요, 레셰 씨, 여기예요!"

"야, 페이! 정신 차려, 인마!"

어깨에 충격.

거칠 정도로 어깨를 강하게 두드린다. 그 충격과 통증으로 몽롱했던 의식이 서서히 각성했다.

……나……는?

……여기는?

누군가의 목소리가 들린다. 누군가가 어깨를 두드린다.

어렴풋이.

페이가 눈을 뜬 그곳에 흐릿한 시야 속으로 익숙한 얼굴이 들어왔다.

"눈을 떴다! 페이 공, 정신이 드나?! 지금 레셰 공을 불러오지!"

검은 머리 소녀가 그렇게 소리치며 뒤를 돌아 달려갔다.

그런 그녀와 교대하듯 금발 소녀와 갈색 머리 남자가 이쪽을 바라보았다.

"페이 씨!"

"야, 페이! 빨리 일어나!"

"……으……."

눈을 비볐다.

위에서 누가 바라보고 있다. 그것을 본 페이는 그제야 자신이 푸른 대지 위에 쓰러져 있다는 사실을 깨달았다.

"……펄? 아슈란 대장? 어라? 그럼 나는……."

주위를 둘러보았다.

아직 몽롱하게 혼탁한 의식 속에서 먼 기억처럼 떠오르는 빛이 없는 이공간.

이곳은 다르다.

깨어난 그곳은 하늘을 찌를 듯이 자란 커다란 나무들이

즐비한 대삼림이었다.

대지에는 산뜻한 꽃이 잔뜩 피었고 머리 위를 올려다보면 나뭇잎 사이로 맑은 햇살이 내리쬐고 있었다.

"정말 놀라게 하는군요. 혼자서 이런 숲 깊은 곳에 쓰러져 있었나요?"

돌아보니.

화려한 분홍 머리의 소녀가 별수 없다는 듯이 팔짱을 끼고 있었다.

"저와 아슈란 대장, 그리고 언니들까지 한 시간은 찾았어요. 최고의 신인이라는 말을 듣고 있으니 조금 더 자각을……."

목소리가 끊겼다.

나무 뒤, 아득히 먼 곳에서 울리는 자신을 부르는 목소리에 모든 소리가 지워졌다.

"페이!"

주홍색 궤적.

불꽃처럼 반짝이는 긴 머리가 펄럭이는 모습을 반쯤 무의식중에 눈으로 좇은 페이.

붉은 머리 누나.

"아……."

"페이, 무사했구나!"

평소보다 더 진지한 맑은 눈의 용신 레오레셰와…… 어린 시절의 은인인 누나가 겹쳐 보인 것은 이번이 두 번째일까.

"정말! 계속 찾았어. 이 숲은 엄청 넓다니까! 나 혼자서 가볍게 500킬로 너머까지 달려봤지만 전혀 안 보이고!"

전속력으로 달려온 레셰가 급정지.

"분명 그거네. 거신상에서 너 혼자 늦게 다이브해서 좌표가 틀어진 게 아닐까? 미란다도 참, 거신상을 고쳤다고 했으면서 아직 완전히 고쳐진 게 아니잖아. 페이, 듣고 있어?"

"……아, 응, 물론이야."

"페이, 왜 그래? 어디 안 좋아?"

"아, 아니! 이제 괜찮아! ……아마도."

다급히 고개를 저었다.

두 번이나 착각하다니, 부끄러워서 말할 수 없다.

"……?"

레셰가 눈을 깜박였다.

그러나 알 수 없다는 듯이 바라본 것도 잠시, 붉은 머리를 한 신이었던 소녀가 미소 지었다.

"뭐, 됐어. 무사한 것 같으니까."

"……걱정해줘서 고마워. 나도 아직 동요하고 있어. 설마 다른……."

거기까지 말하고서.

페이는 자신이 선 대삼림을 둘러보았다.

나뭇잎 사이로 햇살이 드는 기분 좋은 숲.

……여기는, 다른 세계?

……내가 갇혔던 새까만 엘리먼츠와는 전혀 달라.

도망칠 수 있었던 건가?

아무리 주위를 둘러봐도, 귀를 기울여도, 아까 만난 신의 목소리는 들리지 않는다.

그렇다면 이곳은.

"적어도 그 미궁 게임 안은 아니야. 그리고 다른 엘리먼츠다."

부하를 이끈 아슈란 대장이 한숨을 쉬었다.

우뚝 솟은 거대한 나무를 올려다보며.

"나무 한번 크네. 그리고 숲 자체도 어마어마하게 넓어. 네가 행방불명이어서 우리도 한 시간 정도 탐험했는데 아무리 가도 숲이 이어지더라. 넓이만이라면 미궁과 비슷한 정도 아닐까?"

"……그렇군요."

무의식중에 안도했다.

그렇다면 이 세계의 신은?

그 아공간에 있던 수수께끼의 신과 다른 존재라면 일단 이곳은 안심할 수 있을 것이다.

"아슈란 대장, 이곳의 신은요?"

"아직 찾지 못했어. 너도 찾았으니 슬슬 뭔가 이벤트가 진행됐으면 좋겠는데."

아슈란이 주위를 둘러본 순간.

『신수 위그드라실에 잘 오셨습니다!』

밝은 목소리.

페이 일행이 올려다본 나뭇가지 위로 연두색 정령이 내려왔다.

『저는 이 숲에 사는 미이프입니다. 여러분은 이 숲이 처음이신가요?』

"물론이에요!"

기다렸다는 듯이 아니타가 즉답.

"신비법원의 데이터에도 이런 숲은 없었던 것 같은데요. 미이프 씨, 이 우뚝 솟은 나무가 위그드라실이군요."

『네. 이것이 위그드라실의 싹이고, 이 숲이 게임의 필드입니다.』

"……?"

아니타가 눈을 깜박였다. 과연 「싹」이라는 건?

눈앞에 몇백 년은 자랐을 거대한 나무가 우뚝 솟은 것을 보았다.

『여러분이 보시는 건 신수 위그드라실의 종자에서 자란

어린잎이에요.』

“어린잎이라고요?!”

『그래요. 신수 위그드라실의 본체는 여기서 아득히 먼 곳에 있어요. 이곳은 위그드라실의 다음 세대가 될 싹이 성장하기 위한 숲입니다.』

“……정말? 신은 스케일이 다르군.”

아니타의 말을 이은 아슈란 대장.

“그래, 설마 그 위그드라실이 신이라는 건 아니겠지?”

『상대하실 신들은 이쪽입니다!』

신들?

그 말에서 생겨난 의문을 페이가 말하기도 전에, 몇백 년은 자란 나무에서 차례차례 누군가가 내려왔다.

신은 총 아홉 명.

—미이프 정도의 크기밖에 안 되는 푸른색 깃털의 요정.

—인간처럼 사지가 있는 인간 크기의 수인.

—나무처럼 보이는 2미터 정도의 정령.

세 종류가 세 명씩.

그것이 미이프의 뒤에 규칙적으로 줄을 서듯 강림했다.

『소개해드리겠습니다. 요정 님프, 수인 드라이어드, 수정 트렌트 여러분입니다!』

“자, 잠깐 기다려다오! 아홉 명이나 된다만?!”

넬의 눈이 휘둥그레졌다.

“신들의 놀이는 신 VS 인간 다수일 텐데! 이래선 마치!”

『이건 **신들** 팀 VS 인간 팀의 게임이에요.』

“……뭐라고?!”

넬이 경악했다.

이해할 수 없는 신과의 게임은 익숙하다.

그러나 **신들**과의 게임는 아무리 과거로 거슬러 올라도 신비법원의 데이터에는 없었다.

『와! 드디어 인간이 왔구나! 진짜 인간이야!』

요정 님프가 즐거워했다.

마침 페이의 머리 정도의 높이로 떠 있으며, 그 작은 몸집으로는 상상할 수 없을 정도의 음량으로.

『너희는 운이 좋아. 우린 마침 놀이 상대를 찾고 있었거든. 그러니까 잔뜩 놀 수 있는 놀이를 마련했어. 뭐, 이기는 건 우리뿐이지만.』

『님프, 모처럼 발견한 놀이 상대를 도발하면 안 됩니다.』

뒤이어 수인 드라이어드.

이쪽은 요정 님프와는 대조적으로 어른스러운 여성의 목소리였다.

『신이라지만 절대로 교만하거나 위압하지 않고, 인간의 마음을 열고 천천히 귀여워해 주세요.』

『우와, 악취미.』

요정 님프 셋이 깔깔 웃었다.

그렇다. 셋씩 있는 님프와 드라이어드는 놀랍게도 이구동성. 셋이서 완벽히 동일한 말을 동시에 했다.

『트렌트, 너도 뭐라고 말 좀 해! 응? 응?』

『…….』

『아, 그렇구나. 인간의 말을 할 수 없었지. 그래도 뭐 내가 말이 많으니까 괜찮겠지.』

하늘을 날아다니는 요정 셋.

높이 3미터 정도까지 상승해서 이쪽을 가만히 관찰했다.

『자, 볼을 네 개 준비했어.』

요정이 손가락을 탁 튕겼다.

폭풍처럼 막대한 소리와 선풍이 일더니, 위그드라실 대삼림의 위쪽을 향했다.

그 바람에 흔들리는 네 개의 과실이 떨어졌다.

—야자열매만한 녹색 열매가 대지에 떨어진 고무처럼 튕겨지고.

—야자열매만한 파란 열매가 대지에 떨어져 한 번 튕기고 착지.

—야자열매만한 노란 열매가 대지와 격돌.

—인간보다 거대한 붉은 열매가 운석처럼 대지에 균열을 내며 추락.

중량이 다르다.

각각의 열매가 대지에 떨어진 충격으로 모두가 깨달았을 것이다.

특히 마지막 열매.

그 붉은 열매는 크기와 무게가 확연하게 이상할 정도로 수준이 달랐다.

『이 네 가지 열매가 공입니다.』

숲에 울려 퍼지는 미이프의 선언.

『위그드라실의 숲을 무대로 『신수의 열매 농구』를 시작하겠습니다!』

VS『신수의 숲 수호자』

게임 내용『신수의 열매 농구』.

【승리 조건 1】 먼저 50점을 획득한 팀이 승리.

【승리 조건 2】 제한 시간이 지났을 땐 득점이 높은 팀이 승리.

다만, 타임업 시에만 득점 계산으로 ????가 이뤄진다.

【기타】 네 열매를 동시에 사용.

녹색 열매(1kg). 파란 열매(5kg),

노란 열매(50KG).

모두 점수가 다름.

그리고…….

붉은 열매는 ??????

인류가 경험하지 못한「신들」과의 게임이 시작된다.

■ 작가 후기

“게임(유희)의 신들에 대한 비장의 수단은, 게임(유희)를 향한 정열 이외엔 없어.”

『신은 유희에 굶주려있다.』 제4권을 읽어주셔서 감사합니다!

게임에 빠지는 건 사람이나 신도 마찬가지…….

이번 제4권은 특히나 인간만이 아니라 신들도 많이 등장한 에피소드였던 것 같습니다. 그리고 무패에 이어 미궁편의 게임 마스터 창조주도 표지로 발탁됐네요. 토모세 토이로 선생님의 캐릭터 디자인이 최고라 개인적으로도 정말 좋아합니다!

그리고 2권의 태양신 마아트마 2세와는 남매신이라는 설정이 남몰래 존재하는데 본편에서 언젠가 함께 등장하면 안 될까…… 싶네요(웃음).

자, 그럼!

그런 『신은 유희에 굶주려있다.』입니다만, 기쁜 소식이 두 가지 있습니다!

우선 라이트노벨 정보지 『이 라이트노벨이 굉장해! 2022』에서 이 시리즈가 신작 종합 제9위에 올랐습니다. 1년간의 라이트노벨 최신작 중에 Best 10으로 뽑혀 정말로 기쁩니다. 따뜻한 응원 감사합니다!

그리고 다른 하나……!

SNS상에서 공식 발표된 것처럼 굉장히 중요한 알림이 있습니다!

『신은 유희에 굶주려있다.』, 애니메이션화 기획 진행 중입니다!

정말로, 정말로 감사합니다!

이 이야기는 작화가 더해지면 분명 굉장해질 거라고 꿈꿔왔습니다.

그것이 우선 코미컬라이즈(작화: 토리우미 카피코 선생님)로 이뤄졌고 나아가 애니메이션화라는 형태로 실현되어 최고로 기쁩니다!

자세한 내용은 다음에 발표되겠지만 부디 기해주세요!

마지막으로 이후의 소식.

『신은 유희에 굶주려있다. 5』도 순차적으로 소식을 전해드리도록 노력하겠습니다!

사상 최초로 신들의 팀과 벌이는 대규모 팀전, 부디 기대해주세요!

2021년 막바지에 사자네 케이

■ 역자 후기

안녕하세요. 「신은 유희에 굶주려있다.」 4권으로 인사드립니다.

유희에 굶주린 망자이자 역자인 김덕진입니다.

역자 후기에 애니메이션에 관한 언급이 있었는데 저도 무척 기대 중입니다. 아직 제작사나 상세 일정 등은 공개되지 않았지만 하루빨리 좋은 소식이 있었으면 좋겠네요.

매력적인 등장인물들이 실제로 움직이는 모습을 꼭 보고 싶습니다! 그리고 욕심을 더 부리자면 많은 사랑을 받아 극장판 제작, 국내판 더빙 등도……!

뭐 지금은 천천히 기다려봐야겠죠.

어쨌든 이번 4권은 앞서 작가님께서 말씀하신 것처럼 많은 신이 등장하며 작품이 더욱 깊어진 것 같네요. 그뿐만 아니라 처음으로 함께 미궁에 들어간 새로운 등장인물이 즐거운 에너지를 줄 것 같아서 앞으로의 전개가 너무나도 기대됩니다.

아, 여담이지만 이번 4권은 3권에 이어 미궁이 등장해서 그런지 작업하는 중에 계속 비디오게임이 하고 싶어서 큰 일이었습니다. 마감 도중 이런저런 우여곡절은 있었지만 무사히 마무리하게 되어 정말 기쁘네요.

그럼 짧은 역자 후기를 마칠까 합니다.

여기까지 읽어주셔서 정말 감사합니다.

항상 즐거운 일 가득하시고 늘 건강하세요!

Character 1
캐릭터 소개

NAME **파후**

PROFILE

푹신한 털과 「파후!」라는 울음소리가 특징인 미궁 루셰이메어의 마스코트와도 같은 몬스터.
명계신 아누비스도 마음에 들어한다.

작고, 무척 겁이 많은 성격. 인간이 접근하면 무서워하며 공격하지만, 미궁 안의 몇 가지 수단을 활용하면 인간을 따르기도 한다.

SPEC

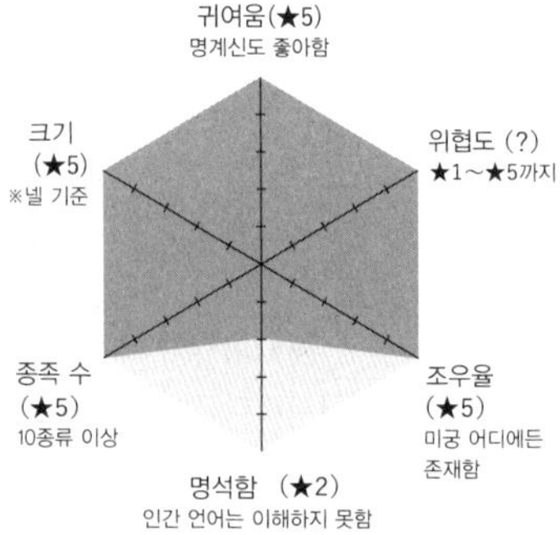

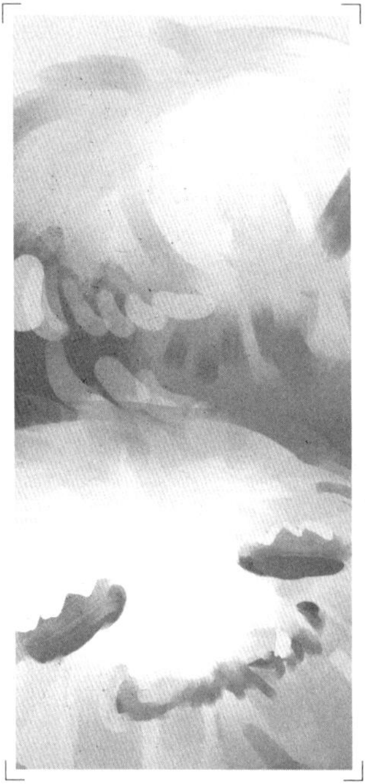

종족 수, 위협도, 조우율 ★5

미궁 안에서 가장 개체 수가 많은 몬스터인 「파후」는 그 종족 수도 압도적으로 No.1이다.
갈색 털뭉치인 일반 파후는 무해하지만, 에어리어 보스인 골든 파후와 다크 파후에게 절망을 느낀 플레이어는 수없이 많다.
그리고 특정 조건을 달성하면 킹 파후가 있는 「파후의 숨겨진 장소」에 갈 수 있다.

크기 ★5 인간의 무릎 높이 정도……?

넬 "옷 안에 파후 둘을 넣으면 딱 펄의 가슴 정도의 크기가……."
펄 "그런 걸 해보지 마세요!

Character | 2
캐릭터 소개

NAME 명계신 아누비스

PROFILE

미궁 루셰이메어의 창조주이자 최종 보스인 신.

엄청나게 광대한 미궁 게임을 만든 것까지는 좋았지만, 난이도 조정이 엉망이라 공략자가 나타나지 않자 토라져서는 「그만 됐다」는 말과 함께 묘로 들어간 난감한 신.
기분파인 측면이 있지만 기본은 무척 대범하고 서글서글하다.

SPEC

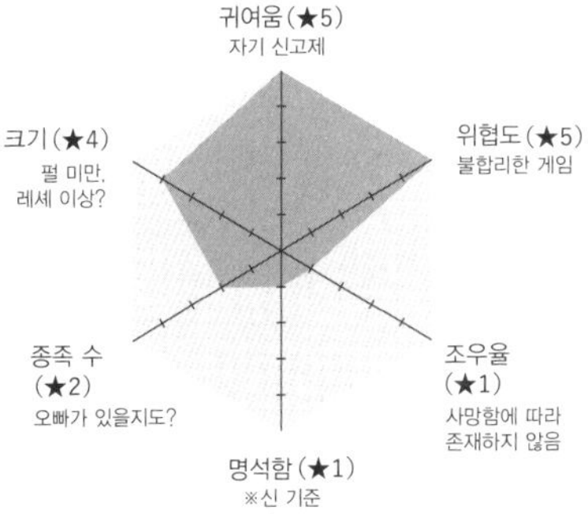

조우율 ★1

죽음과 재생을 상징하는 신. 게임이 시작할 때는 「사망함에 따라 존재하지 않는다」는 극악한 버그에 가까운 소행 탓에 특수 이벤트로 부활할 때까지 만날 수조차 없다.
또한 『태양 쟁탈 릴레이』에서 싸운 태양신 마아트마 2세와는 남매신.
애초에 광대한 지하 미궁에 틀어박힌 이유가 오빠(마아트마 2세)와 다퉈 가출했다는 소문도 있는데…… 격파 시 지하에서 주저앉은 아누비스의 머리 위로 태양 빛이 내리쬔 것은 그런 오빠가 보낸 메시지일지도 모른다.

명석함 ★1

당사자의 말에 의하면 잠에서 깨어난 지(부활) 얼마 안 된 탓에 머리가 안 돌아가는 것뿐이라지만…….

신은 유희에 굶주려있다. 4

초판 1쇄 발행 2023년 3월 10일

지은이_ Kei Sazane
일러스트_ Toiro Tomose
옮긴이_ 김덕진

발행인_ 신현호
편집장_ 김승신
편집진행_ 권세라 · 최혁수 · 김경민 · 최정민
편집디자인_ 양우연
관리 · 영업_ 김민원

펴낸곳_ (주)디앤씨미디어
등록_ 2002년 4월 25일 제20-260호
주소_ 서울시 구로구 디지털로 26길 111 JnK디지털타워 503호
전화_ 02-333-2513(대표)
팩시밀리_ 02-333-2514
이메일_ lnovellove@naver.com
L노벨 공식 카페_ http://cafe.naver.com/lnovel11

ISBN 979-11-278-6774-4 04830
ISBN 979-11-278-6467-5 (세트)

값 8,500원

굿바이 선언

미즈키 미도리 지음 | 아루세치카 일러스트 | Chinozo 원작 · 감수 | 김덕진 옮김

학교는 최소한으로만 가서 유급만 하지 않으면 돼.
그리고 평범하게 대학에 가고, 평범한 회사원이 되어…….
학교에 가지 않고 집에 틀어박혀 빈둥거리며 그런 평범한 미래를 상상했다.
하지만 고등학교 마지막 봄, 전대미문의 문제아에
천진난만하고 누구보다도 꿈을 향해 나아가는 너와 만나고 말았다.
정반대였을 두 사람이 만나 끌린다.
사랑과 꿈의 현실이라는 저울 위에 흔들리는 두 사람의 선택은……?

Chinozo의 히트곡
『굿바이 선언』이 청춘 스토리로!!!

L NOVEL
15세 미만 구독 불가
DATE A LIVE FRAGMENT 8
데이트 어 불릿
프래그먼트 데이트 어 라이브 08
히가시데 유이치로 지음
타치바나 코우시 원안·감수
이승원 옮김
NOVEL

L NOVEL
15세 미만 구독 불가
데이트 어 라이브 앙코르
DATE A LIVE ENCORE 11
타치바나 코우시 지음
츠나코 일러스트
이승원 옮김
11
NOVEL